집
밖은 정원

집 밖은 정원

정혜덕 지음

마음이 튼튼해지는 서울 식물 산책

옐로브릭

목차

키우지는 않지만
지켜보는 즐거움

나는 식물을 좋아한다. 틈만 나면 식물에 가만히 다가가 시선을 집중하기를 즐긴다. 하지만 식물에 대해 전문적인 지식을 갖고 있는 사람은 아니다. 식물학을 전공하지도 않았고, 식물에 대해 체계적으로 공부를 한 적도 없다. 식물을 키우는 노하우가 남다른 꽃집 사장님이나 원예가도 아니다. 식물세밀화가는 더더욱 아니다. 식물에 대해서는 확실한 아마추어다.

'그러면 집에서 식물을 즐겨 키우는 사람인가 보다' 하겠지만, 땡. 아니다. 나는 식물을 좋아하지만 집에서 키우기를 즐기지 않는다. 여기에는 그 나름의 사연이 있다. 그 사연은 뒤에서 설명할 예정이다.

마당에서 꽃을 키우는 기쁨을 누리는 사람이 있고 절화를 사서 꽃병에 꽂아두는 기쁨으로 충분하다는 사람이 있는 것처럼 식물을 좋아하는 방식은 다양하다. 내가 선택한 방식은 다른 사람이 키우는 식물이나 스스로 자라는 식물을 자세히 관찰하는 것이다. 이 책은 나처럼 식물을 좋아하고 식물을 들여다보는 건 재미있지만 식물을 집에 들일 엄두가 나지 않는 이들에게 바치는 일상 식물 체험기이다.

나는 혜화동의 우리 집을 중심으로 반경 1킬로미터 거리 안에 있는 식물을 주로 관찰한다. 현관문을 나서는 순간부터 집 밖은 정원이다. 하지만 내가 소유한 정원이 아니기에 수고로이 가꿀 필요가 없다. 그저 바라보기만 하면 된다. 처음 밟는 보도블록 틈새만 살펴도 초록빛을 머금은 생명체를 발견할 수 있다. 식물을 보기 위해 큰맘 먹고 시간을 내어 멀리 산으로, 숲으로 떠나지 않아도 된다. 나는 일상적으로 걸어 다니는 길에서 만나는 식물, 아파트 화단과 공원에 심긴 풀과 나무, 길 양쪽으로 늘어선 가로수, 동네 주택가 정원수를 주의 깊게 살핀다. 그 범위 안에는 성균관 같은 조금 특별한 공간도 있다. 일주일에 두 번 남양주에 있는 학교로 출근할 때는 도심에서 보기 힘든 식물을 들여다보는 재미도 누린다.

식물이 만드는 세상은 초록빛 침묵으로 가득 차 있다. 식물은 인간의 눈과 귀에 찌든 피곤을 벗겨 준다. 설명과 변명을 들으라고 강요하지 않고 요구와 질문으로 발목을 잡지 않는다. 함부로 깎아내리거나 명령하지 않으며 자책이나 자기 비하도 하지 않는다. 냉담한 것 같은 식물의 침묵에 반한 사람은 자연스럽게 식물 애호가가 되기도 한다. 나도 그런 사람 중 하나다.

사람의 말이 일으키는 거센 바람에 휘둘려 몸과 마음이 피폐해진 적이 있었다. 들어오는 말이 거칠어 나가는 말도 험악했던 것인지 아니면 그 반대였는지, 선후 관계를 따져 봤자 덧없다. 곁에 존재하되 요란한 소리를 내지 않는 식물을 자세히 들여다보기 시작했다는 사실이 중요하다. 제 일이든 남의 일이든 쓸데없이 입을 놀리지 않고 부지런히 잎을 달고 꽃을 피우고 열매를 맺는 일에 집중하는 식물의 모습이 좋았다. 관찰의 시간이 깊어질수록 식물에 대한 사랑도 자연스럽게 커졌다.

눈은 우리를 속인다. 눈에 익숙한 대상은 새롭게 보기 어렵다. 집 밖의 식물들을 들여다보면서 전에는 보아도 보이지 않던 모습을 알아보는, 또 다른 종류의 시력이 생겼다. 약간의 거리를 유지하면서 꾸준하게 관찰하는 힘은 사람을 대할 때도 도움이 되었다. 특히 학교에서 학생들을 대할 때, 무심하게 지나치면 눈에 들어오지 않는 그들의 작고 반짝이는 면면에 시선을 고정할 수 있었다.

　좋아하면 더 알고 싶은 마음이 생긴다. 식물에 대한 호기심이 늘어나면서 도서관의 400번 서가를 서성였다. 다행스럽게도 식물을 아끼고 사랑하는 사람들이 적지 않아서 식물에 대한 책을 뒤적이는 재미도 누리게 되었다. 잠이 안 와서라면 모를까, 침대에 누워 500쪽이 넘는 하드커버의 《수목생리학》을 자발적으로 읽게 되리라고는 상상도 못 했다(물론, 잘 이해가 되지 않는 부분은 잠이 안 올 때 읽으려고 남겨놓았다). 블로그나 팟캐스트, 유튜브를 통해 식물의 매력을 알려주는 분들, 식물의 이름을 알려주는 앱을 만든 분들 덕분에 식물을 더 알고 즐길 수 있었다. 이 책은 그분들의 식물 사랑에 빚지고 있다.

　식물 곁에서 보낸 시간의 부스러기들이 차곡차곡 쌓이면서 식물과 나 사이에는 사연이 깃들었다. 이 사연들은 식물의 이야기면서 나의 이야기이고 식물과 내가 함께 맺은 이야기이기도 하다. 위대하거나 거룩한 이야기는 아니다. 현란하고 역동적인 이야기는 더더욱 아니다. 하지만 가던 길을 멈추고 길바닥에 쭈그리고 앉아 가녀린 이파리를 들여다본 적이 있는 사람이라면 귀를 곤추세울 이야기를 지금부터 시작하려고 한다.

암향부동을 모르는
국어 선생

고등학교 1학년 국어 수업 시간이었다. "눈 맞아 휘어진 대를"로 시작하는, 고려 말의 충신 원천석의 시조를 가르치는 중이었다. 대쪽 같은 절개를 대차게 설명하다가 말이 나온 김에 군자의 지조와 고결함을 상징하는 사군자 4총사도 알아두라고 덧붙였다. 혹시나 해서 사군자를 아는 사람이 있는지 물었다. 교실은 조용해지너니 숨소리만 들렸다. 1970년대생인 나에게 상식인 사실이 2000년대에 태어난 학생들에게 낯선 정보일 때, 선생은 살짝 기분이 좋다. 검색으로 후다닥 지식을 얻는 세상에서 주눅든 자존감이 순간적으로 올라가기 때문이다. 핀잔을 주고픈 유혹을 떨치고 칠판에 숫자 '4'를 크게 쓴 뒤 대나무 앞에 매화, 난초, 국화를 적었다.

"봄 매화, 여름 난초, 가을 국화, 겨울 대나무! 순서대로 매. 란. 국. 죽. 외우기 쉽죠?"

대나무와 국화를 모르는 학생은 없는데 난초는 반반이었다. 평생 난초를 한 번도 보지 않은 학생은 없을 거라 믿고 다시 설명을 이어갔다.

"새로 개업한 가게에서 리본 달린 긴 화분 본 적 있죠? 드라마에서 회장님, 대표님, 실장님 책상 옆에 놓는 화분 말이에요. 그 화분에 길쭉하고 파란 잎사귀가 파처럼 뻗어 있잖아요."

난초를 몰라도 마음은 난초처럼 고운 학생들이 입을 모아 "아아" 하고 이구동성으로 화답해 줬다. 이럴 때는 내가 국어 선생인지 과학 선생인지 헷갈리지만 어쩔 수 없다. 대상을 알지도 못하면서 대상에 담긴 정신을 이해할 수는 없으니까.

대나무에 국화, 난초까지 해결했으니 마지막으로 매화의 차례다. 남은 수업 시간은 달랑 5분이라 마음이 바빴다.

"매화는 봄이라고 하기엔 아직 추울 때 꽃을 피워요. 눈을 맞아도 절개를 굽히지 않는 대나무도 대단하지만 눈 속에서 꽃을 피우는 매화는 더 놀랍지 않아요?"

학생들의 표정을 보니 다들 눈을 1.5배 크게 뜨고 있었다. 매화가 아니라 수업을 마치는 종이 울린 뒤까지 수업을 이어갈 듯한 분위기에 긴장한 모양새였다. 나는 시계를 흘끗거리며 칠판에 마지막 단어를 적었다.

"자, 거의 다 끝나갑니다. 그래도 이걸 빼놓을 순 없죠. 암향부동暗香浮動! 그윽한 향기가 은은하게 떠돈다. 적으셨죠?"

하지만 학생들은 이미 복도를 떠도는 달짝지근한 향기에 취한 상태였다. 금강산도 식후경이고 수업보다 급식인 건 말해 뭐 하나.

내가 암향부동을 처음 배운 때는 30년 전으로 거슬러 올라간다. 급식을 빨리 먹으려고 교실 문을 잽싸게 통과하는 학생들과 엇비슷한 무렵에, 국어 시간에 시조를, 군자의 지조를, 사군자를 배웠다. 그때도 암향부동은 참고서에 깨알같이 적힌 작은 글씨 사이에서 그윽하게 떠돌았다. 매화를 아내로, 학을 자식으로 삼을 정도로 자연과 벗하며 신선처럼 살았던 중국 송나라 사람 임포가 지은 한시 구절에서 유래했다는 설명까지 싹 외웠고, 시험을 보는 족족 정답을 맞혔다. 대학에서 국어교육을 전공했지만 그 4년 동안 암향부동에 대해 고등학교 문학 참고서에 적힌 설명보다 더 자세한 내용을 배우지는 않았다. 선생이 되어서는 학생들 앞에서 30년 전에 배우고 암기한 말을 자신 있게 반복했다. 그런데 정작 매화의 향기를 맡아본 적은 없었다. 나에게 암향부동의 '암'은 글자 그대로 어두운 향기였다.

어느 봄밤이었다. 아직 바람은 차지만 마음은 봄이라 괜히 집에 빨리 들어가기 싫은 밤, 후배와 옆 동네 카페에서 이야기를 나눴다. 자질구레한 집안 사정부터 우리가 해결할 수 없는 지구의 평화까지, 꺼낼 수 있는 이야기는 다 풀어 놓겠다는 듯 수다를 떨었다. 이야기는 끝이 없는데 봄밤은 짧아서 아쉬움을 떨치고 자리에서 일어나야 했다. 후배와 헤어지고 집을 향해 걸음을 옮기는 찰나, 나무 한 그루가 눈에 들어왔다. 아직 새순을 내지 못해 앙상한 가지만 뻗치고 있는 나무들 사이에서 유독 그 나무에만 작은 꽃송이들이 점점이 붙어 있었다. 꽃이 피기엔 이른데, 혹시 조화일까? 가로등 조명을 받아 희게 빛나는 꽃송이에 가까이 다가가는 순간, 뇌에 입력된 적이 없는 낯선 향기가 밀려왔다. 달콤하지만 가볍지 않고, 은은하지만 흐리지 않은 향이었다.

설마, 매화일까? 매화였다. 교과서나 참고서에서는 맡을 수 없었던 향기가 순식간에 나를 감쌌다. 이렇게 품위 있는 향기를, 눈을 맞으면서 피워낸다고? 대단한 결기였다. 그 날, 한 번 경험하면 결코 잊을 수 없는 매화의 향기는 깊숙하게 뇌리에 박혔고 매화 향기를 맡아본 적이 없으면서도 암향부동을 가르쳤던 국어 선생의 만용을 들춰냈다. 설레고 부끄러운 봄밤이었다.

그 밤 이후로 매화는 내 마음의 정원에서 절대 우위를 차지하고 있다. 풍부하고 강렬한 향기를 자랑하는 꽃은 많지만 매화의 향기와는 비교가 되지 않는다. 꽃이 뿜어내는 향은 과하면 헤프고 적으면 답답한데 매화는 그사이 어디쯤에서 중용의 덕을 실천하는 선비처럼 우아한 균형미를 보여주기 때문이다.

조선 시대 선비의 대표 주자 격인 퇴계 이황 선생은 유언으로 매화 화분에 물을 주라는 말을 남길 정도로 매화를 아끼고 사랑했다고 한다. 생각할수록 '있어 보이는' 유언이다. 매화를 벗 삼아 산 사람은 관상에서도 매화향이 날까? 주머니를 뒤져 천 원을 꺼냈다. 헉, 소름! 퇴계 선생의 초상 옆에 꽃나무 가지가 그려져 있었다. 언제부터 여기에 꽃가지가 있었지? 이게 실화냐? 아니, 매화다. 천 원 신권이 발행된 2007년부터 10년 넘도록 매화는 퇴계 선생 옆을 지키고 있었다. 지폐에 인쇄된 매화를 들여다보니 밤에 맡았던 매화의 향기가 또다시 생각났다. 기억 속의 향기에 나도 모르게 입꼬리가 올라갔다. 이러다가 틈만 나면 어디 매화가 또 없나 킁킁대는 게 아닐까? 그렇다. 그때부터 나는 기회만 있으면 주변을 살피며 매화를 탐색한다.

매화는 매실나무의 꽃이다. 꽃잎은 동그랗고 흰색인데 옅은 분홍빛이 돌기도 한다. 흰 꽃은 백매화, 붉은 꽃은 홍매화라고 부른다. 꽃잎은 홑꽃의 경우 다섯 장이지만 꽃잎이 여러 장 겹쳐진 형태의 겹꽃도 있다. 흰만첩매실은 흰색 겹꽃을, 홍만첩매실은 붉은색 겹꽃을 피운다. 봄에 꽃을 피우는 나무 중에는 장미과 식물이 많다. 매실나무, 벚나무, 살구나무는 셋 다 장미과에 벚나무속이라 꽃이 엇비슷하다.

식물 관찰 초급자는 매화와 벚꽃을 곧잘 헛갈리고, 중급자도 매화와 살구꽃 사이에서 고개를 갸우뚱거릴 수 있다. 매화는 그들 중에서 향이 압도적이기 때문에 꽃송이에 코를 가까이 댈 수만 있으면 바로 구분이 된다. 벚꽃은 긴 꽃자루에 대롱대롱 달린 반면에 매화는 가지에 딱 붙어서 꽃을 피우므로 한두 번 관찰하면 생김새로도 구별할 수 있다. 서울에서는 벚꽃이 4월은 되어야 피기 시작하므로 벚꽃 팝콘이

팡팡 터질 무렵이면 이미 매화는 시들기 시작한다. 살구꽃은 매화와 더 헷갈리기 쉽다. 매화의 뒤를 바짝 쫓아 피는데다가 꽃의 모양이나 꽃이 가지에 딱 붙은 형태까지 상당히 비슷하다. 잎사귀 모양도 거의 같다. 내가 사는 아파트 화단에는 살구나무가 몇 그루 있는데 처음엔 살구나무인지 확실히 몰랐다. 이 나무들은 유난히 키가 커서 꽃가지에 손이 닿지 않는다. 〈그것이 알고 싶다 ─ 매실이냐 살구냐〉를 찍겠다고 나무에 기어올라 꽃향기를 킁킁 맡을 수는 없어서, 초여름까지 기다려야 했다. 바닥에 툭툭 떨어진 노란 열매를 주워 반을 갈라본 후에야 정체를 파악할 수 있었다. 넌 살구나무로구나. 못 알아봐서 미안하다.

　책을 뒤져보니 매화와 살구꽃이 확실하게 구분되는 부분이 없진 않았다. 꽃받침이다. 꽃받침의 끝부분이 꽃잎에 붙어 있으면 매화이고 뒤로 젖혀지면 살구꽃이라는 사실을 알게 되었을 때는 매화도 살구꽃도 모두 진 뒤였다. 글자로 읽은 사실을 실물로 직접 확인하고 싶었지만 그러려면 이듬해 봄까지 기다려야 했다. 매화와 살구꽃을 구분하는 게 1년을 기다릴 만큼 중요한 문제인가? 나에게는 중요했다. 〈우리 동네 매화 지도〉를 만들고 싶었기 때문이다. 매화는 오래 전부터 사람들의 사랑을 받는 꽃이라 마당이 있는 집이나 아파트 화단, 공원에 꾸준히 식재된다. 그러므로 마음만 있다면 어느 담장 옆에서 조용히 꽃을 피우는 매화를 발견할 가능성이 높다. 굳이 멀리 갈 필요 없이 저녁을 먹고 나서 동네를 한 바퀴 돌며 매화를 구경할 수 있다면 얼마나 좋을까! 발품을 팔아 〈우리 동네 매화 지도〉를 간행하겠다는 야심 찬 계획을 실행에 옮기기 위해서는 매화를 정확히 식별할 능력이 있어야 했다.

2월 초, 뉴스에서 제주도에 매화가 피었다는 소식이 들리면 엉덩이가 들썩거린다. 서울은 아직 어림없다. 최소한 한 달은 기다려야 한다. 탁상 달력의 날짜를 한 칸씩 지우면서 매화 만날 날을 기다린다. 기다리다 지치면 편법을 쓰기도 한다. 몇십 년이 넘도록 인사동을 지키고 있는 고미술 화랑과 공방 중에는 이맘때 쇼윈도에 꽃나무 가지로 꽃꽂이를 해 놓는 가게들이 있다. 운이 좋으면 매병이나 달항아리에 꽂힌 매화 가지가 눈에 들어온다. 유리창 너머로 매화를 보아도 성에 안 찬다면 창경궁으로 건너간다. 땅은 꽝꽝 얼었고 군데군데 눈도 쌓여 있지만 온실은 포근하다. 들어가면 분재 화분마다 꽃이 가득하다. 식물의 줄기에 철사를 칭칭

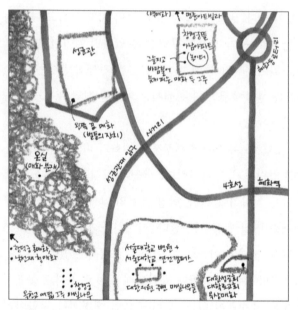

우리 동네 매화 지도

감아 인위적으로 크기를 작게 만드는 분재를 좋아하진 않지만 이렇게 해서라도 매화를 볼 수 있으니 다행이라고 위안을 삼는다.

　3월, 남도에서는 매화가 만개하고 축제도 열린다. 서울에서도 비로소 매화가 핀다. 기후 변화로 꽃 피는 순서가 뒤죽박죽 섞였지만 맨 앞 매화의 자리는 감히 다른 꽃들이 넘보지 못한다. 이때부터는 날씨에 상관없이 틈나는 대로 매화를 보러 나간다. 메마른 가지에서 조금씩 부풀어 오르는 꽃눈을 지켜보는 동안 기쁨은 점점 커진다. 내가 사는 아파트 화단에는 매실나무가 두 그루 있는데 하필이면 모두 응달에 심겨 있어서 3월 중에는 꽃을 보지 못한다. 이럴 때 〈우리 동네 매화 지도〉가 유용하다. 털 부츠를 신고 종종걸음으로 걸어서 5분 거리에 있는 성균관으로 간다. 성균관대학교 정문을 지나 오른쪽에 보이는 성균관 대성전의 신삼문 앞에 도착한다. 신삼문 좌우로 매실나무들이 심겨 있는데, 왼쪽 끝의 매실나무가 제일 먼저 꽃을 피운다.

　매화가 피면 꽃이 반, 벌이 반이다. 온 동네 벌이란 벌은 다 모여든다. 벌의 종말은 곧 지구의 종말이라고 하는데, 성균관 담장 앞에서 온통 벌에 뒤덮인 봄날의 매화를 마주하면 작은 희망이 솟는다. 매화는 벌과 사람만 불러들이지 않는다. 매화 향에 취해서 성균관 앞을 서성이기를 수십여 분, 내일도 들르리라 마음먹고 걸음을 옮기려는데 나뭇가지 사이에서 무언가가 움직였다. 새였다. 내가 아는 새 중에서 동네에서 마주칠 수 있는 새는 참새, 비둘기, 까치, 까마귀가 전부인데 넷 다 아니었다. 참새보다는 크고, 비둘기보다는 날씬하고, 까치보다는 꼬리가 짧았다. 회색과 갈색이 적당히 섞인 새가 가지를 옮겨 다니며 뾰족한 부리로 매화를 부지런히 찔러 대고 있었다. 세상이 좋아져서 새의 이름은 검색 몇 번으로 쉽게 찾았다. 직박구리였다. 윈도우에서 새 폴더를 만들 때 이름으로 뜨는 그 직박구리? 남들과 같이 보기엔 부끄러운 동영상을 저장하는 폴더 이름으로만 알았던 직박구리를 매화 덕분에 제대로 알았다.

동네 산책에서 만나는 매화와는 급이 다른 매화가 있다. 400여 점이 넘는 우리나라의 천연기념물 중에서 매실나무는 총 네 그루인데 그중 세 그루는 전라남도 사찰에 있다. 구례 화엄사 화엄매(천연기념물 제485호), 장성 백양사 고불매(천연기념물 제486호), 순천 선암사 선암매(천연기념물 제488호)처럼 각각 별칭도 있다. 그중에서 화엄매에 대한 자료를 검색하면 화엄사 각황전 옆에 자리한 홍매화 사진이 자주 등장한다. 꽃잎의 붉은색이 유난히 진해서 흑매화라고 불리기도 하는데, 사실 이 나무는 화엄매가 아니다. 하지만 사진 찍는 사람들 사이에서는 화엄매 이상으로 인기를 누린다. 인기의 비결은 위치인 듯하다. 사찰의 지붕이 만드는 곡선 사이에서 붉은 매화 꽃송이들이 불꽃놀이를 벌이는 것처럼 보인다. 꼭 한 번은 들러보고 싶은 마음이 들게 하는 매력이 확실히 있다.

나머지 한 그루는 강릉 오죽헌의 율곡매(천연기념물 제484호)다. 신사임당과 율곡 이이가 직접 가꾼 나무라서 사람들이 더 특별하게 여기는 매실나무인데, 2년 전 여름휴가 때 오죽헌을 들러 살펴보니 상태가 별로 좋지 않았다. 매화를 좋아하는 이들을 위해 좀 더 버텨주었으면 하는 마음에 속으로 파이팅을 외쳐 주었다. 최근에 관련 기사를 검색해 보니 아쉽게도 천연기념물 지정 해제를 앞두고 있다고 한다. 율곡매에 대한 관심과 사랑이 후계목으로 이어지기를 바랐다. 그런데 고목에 경화제 처리를 해 실내에 전시하겠다는 문화재청의 계획에는 동의할 수가 없다. 죽으면 썩어서 흙으로 돌아가는 것이 생명체의 순리인데 죽어서도 안식을 누리지 못하게 하다니, 사람이나 식물이나 유명세를 타면 피곤한 건 마찬가지랄까.

천연기념물로 지정되진 않았지만 서울에도 매화 4대 천왕만큼 인기를 누리는 매화가 있다. 집에서 버스로 10분이면 도착할 수 있는 곳이라 매화 철이 되면 꼭 들른다. 창덕궁의 성정각 옆과 승화루 앞에는 각각 매실나무가 한 그루씩 마주 보고 있다. 두 나무 모두 홍만첩매실이라 분홍색이 도는 꽃잎이 겹겹이 풍성하다. 성정각 옆 매화는 담장 너머에서 막 봉오리를 터트리기 시작한 연분홍 살구나무꽃과 어우러지는 미감이 있고, 승화루 앞 매화는 키는 작지만 수형이 안정적이고 옆으로 넓게 뻗은 가지마다 꽃송이를 달고 있어서 말 그대로 '꽃 대궐'을 이룬다. 암향부동을 코로 알게 된 뒤 매년 봄 창덕궁의 홍매화를 보러 갔는데 해마다 꽃의 상태가 이전만 못 한 것 같았다. 풍성한 꽃송이에 비해 매화 향은 미미하다고 품평을 하고선 아차 싶었다. 내 생의 열 배를 살며 꽃을 400번이나 피워낸 나무라는 사실을 잠시 잊었다.

창덕궁의 홍만첩매실이 화려한 매화의 극치를 이룬다면 건너편 낙선재 앞마당의 매실나무들은 매화 본연의 차분

창덕궁의 홍만첩매실.
3월 마지막 주에는 궁궐의 매화가 만개한다.

한 아취를 풍긴다. 십여 그루가 심겨 있어서 멀리서부터 향기로 존재감을 드러낸다. 이 나무들 중에 꽃받침이 초록색이라 청매화라고도 불리는 백매화를 볼 수 있다. 한문을 잘 알지는 못하는 국어 선생이지만, 꽃잎뿐만 아니라 꽃받침까지 청초한 매화 앞에 서면 천 년 전에 매화를 좋아한 시인이 남긴 한시의 한 구절을 떠올리지 않을 수 없다.

눈을 얹고 또 많은 눈꽃으로 꾸미고서
봄 오기 전에 먼저 피어 첫 번째 봄 이루었으니

帶雪更粧千點雪
先春偸作一番春

— 이규보, 〈매화〉, 김대현 편역, 《사군자 한시선》, p. 20.

매월 마지막 수요일은 문화의 날이라 고궁 입장이 무료다. 그중에서도 3월 마지막 주 수요일은 공짜로 궁궐의 매화를 구경할 수 있는 날이다. 매화를 보러 창덕궁에 들어왔다면 창경궁까지 들러 줘야 한다. 창덕궁에서 현판이 없는 함양문을 통과해 창경궁으로 들어오면 도심에서 보기 어려운 생강나무꽃이나 미선나무꽃을 관찰할 수 있다. 봄꽃을 구경하다 보면 시간 감각이 없어진다. 오늘의 주인공은 따로 있다는 사실을 되새기고 걸음을 재촉한다. 창경궁의 정문인 홍화문 바로 안쪽의 옥천교로 내려오면 매실나무 여덟 그루에 둘러싸인다. 무심히 궁궐 밖을 지나치는 사람들의 걸음까지 붙잡는 매화가 그곳에 있다. 내가 문화재청장이면 관람객들에게 VR 헤드셋을 나눠주고 이 꽃가지 사이에서 날아오르는 학을 보여줄 텐데, 그러다가 정신을 차리면 저마다 손에 든 도끼 자루, 아니 스마트폰이 썩은 걸 보는 거지…. 생각이 여기까지 뻗치면 집으로 돌아갈 시간이다.

매화가 핀다고 봄이 온 건 아니다. 코트와 패딩을 세탁소에 보내려면 한 달은 더 기다려야 한다. 하지만 난데없는 눈과 매서운 바람 속에서 꽃을 피운 매화 덕분에 미리 봄을 맛본 기분이 든다. 매화 향기를 즐길 수 있는 계절은 1년 중 가장 날씨가 변화무쌍하다 못해 제멋대로인 시기이다. 최근에는 미세먼지까지 더해져 제대로 숨을 쉬기도 어렵다. 매화는 좀처럼 끝나지 않을 것 같은 겨울이 반드시 끝날 거라는 믿음, 올 듯 말 듯한 봄이 어느 순간 성큼 다가온다는 약속의 성취다.

여느 꽃과 마찬가지로 매화도 소리 없이 왔다가 조용히 떠난다. 하지만 꽃이 진 뒤에도 향기는 마음에 남고, 매화를 만나기 위해 돌아다녔던 시간은 기억의 선반에 차곡차곡 쌓인다. 우리는 인생이 가시밭길이라는 걸 알면서도 꽃길만 걷자고 덕담을 주고받는다. 그런 공허한 말보다는 꽃에게 가까이 다가가 향을 맡자고 권하고 싶다. 나만의 소중한 향기를 발견하는 경험은 사소하지만 모을수록 힘이 된다. 기쁨이라고는 속주머니를 탈탈 털어도 한 톨도 나오지 않는 메마른 날을 대비하며, 아름다운 모습과 향기를 조금씩 저축하다 보면 어느 날 나에게서도 잔잔한 향기가 나지 않을까? 광야 같은 삶에서 가난한 노래의 씨를 뿌리는 사람에게서는 매화 향기가 난다고 했던 시인 이육사의 말을 믿는다.

아무것도 가진 게 없다고?

보도블록 틈
로제트 식물의 사계절

7년 가까이 가사 육아 노동자로 지내다가 재취업을 했다. 다시 세상으로 복귀했다는 사실에 잠시 감격했을 뿐, 내가 과연 일을 제대로 하고 있는지 알 수 없어서 혼란스러웠다. 학생들을 잘 가르치고 싶다는 욕심은 커지는데, 밥해 먹고 청소하고 자식들 챙기는 일도 병행해야 하니 만만치가 않았다. 그 정신없는 중에 글을 썼다. 주경야작은 쉽지 않았다. 모두 잠든 밤, 조용한 시간에 글을 쓰면 영혼의 정화를 느낀다는 어느 작가의 말은 말 그대로 작가의 말이었다. 틈틈이 습작을 쓰는 작가 지망생의 영혼은 낮의 피로에 눌리고 자기 연민에 절어 장아찌가 되기 일쑤였다. 40대, 한 가지 일에 집중해서 굵직한 성과를 내는 주변 사람들에 비해 나는 참 자잘하다는 탄식이 저절로 나왔다. 일에 집중할 만하면 자식 낳고 키우기를 세 번 반복하다 보니 중심 맥락이 없는 잡다한 삶이 되었다.

울적한 마음이 쌓여 입꼬리가 내려가 있던 어느 날, 나는 인적이 드문 곳을 정처 없이 걷고 있었다. 입춘을 지났으니 봄이라지만 아직 패딩을 벗을 생각이 들지 않는 날씨였다. 회색 하늘 아래 공기는 싸늘하고 우중충해 울적한 기운만 가득했다. 나무들도 새잎을 달지 못하고 서 있는 모양이 처량하다 못해 궁상스러웠다. 하지만 따뜻한 방바닥을 놔두고 된바람이 매섭게 부는 바깥에서 고개를 떨구고 한숨을 푹푹 내쉬는 내 꼴이 더 지지리 궁상맞았다.

그때, 보도블록 틈에서 올라온 작은 식물이 눈에 들어왔다. 손톱보다 작고, 보잘것없고, 이름도 잘 모르는 잡초였다. 그러나 키가 수십 미터에 달하는 교목도 감히 잎을 틔우지 못하는 냉랭한 날씨에 이 잡초는 녹색 잎을 내놓고 있었고, 그건 손톱만 한 감동으로 다가왔다.

'나나 너나 잡다한 생이긴 마찬가진데, 넌 그래도 꽤 용감하구나.' 그 작은 용기에 끌려 바닥에 달라붙은 녀석에게 키를 맞췄다. 한적한 길가에 쭈그리고 앉아 보도블록 사이를 비집고 나온 잡초를 한참 살폈다. 잡초는 꽃이 피듯 방사형으로 잎을 뻗고 있었다. 이름이 있을 텐데 자꾸 잡초라고 부르기가 민망해서 검색을 했다. 짧은 줄기에서 잎이 수평으로 나와 편평한 장미꽃 모양을 이루는 식물을 로제트 식물이라고 부른다는 설명을 읽었다. 아직 찬 기운이 가시지 않은 이른 봄, 다른 식물이 돋아나기 전에 일찌감치 싹을 틔우는 건 만용이 아니라 그 나름의 생존 전략이라고 한다. 꽃샘추위를 피하지 않고 땅바닥에 바짝 붙어서 온몸으로 생의 에너지를 뿜어내는 로제트 식물의 내공에 감탄이 나왔다.

그런데 로제트 식물에 대한 설명을 읽다 보니 절반 이상이 봄나물이었다. 쑥과 냉이는 말할 것도 없고 고들빼기, 씀바귀를 비롯해 이른 봄에 나는 로제트 식물의 여린 잎은 대부분 먹을 수 있다고 했다. 그럼 내 눈앞에 있는 이 식물의 정체는 뭐란 말인가? 냉큼 사진을 찍어 식물 고수들이 실시간으로 답을 달아주는 앱에 질문을 올렸다. 3초 만에 답이 올라왔다.

"냉이."

며칠 전에 된장찌개에 넣은 그 냉이? 시골 뒷산에 있어야 할 냉이가 어떻게 보도블록 사이에 있지? 서울 도심 한복판에서 냉이를 마주한 그날의 충격은 적잖이 강렬했다.

충격은 한 번으로 끝나지 않았다. 그로부터 두어 달 뒤, 길을 걷다가 무리를 지어 핀 작고 하얀 꽃송이들에 시선이 갔다. 가로수로 심긴 벚나무 발치에 좁쌀만 한 꽃잎을 단 꽃차례들이 바람에 하늘거리고 있었다. 이름은 모르지만 낯설지 않은 꽃이었다. 어렸을 때 아파트 화단에서 이 꽃을 뜯어서 꽃다발을 만들던 기억이 났다. 식물 검색 앱에 꽃 사진을 올리고 또 3초를 기다렸다.

"냉이꽃."

엊그제 먹은 냉이된장국의 그 냉이? 잘 믿기지가 않아서 잎을 모아 쥐고 살살 흔들었다. 뽑혀 나온 뿌리에 코를 갖다 대니 익숙한 향이 확 퍼졌다. 지금까지 살면서 봄마다 먹은 냉이가 백 뿌리도 넘을 테고 어린 시절에 재미로 뜯었던 냉이꽃이 백 송이도 넘을 텐데, 한 존재를 뿌리 따로, 잎 따로, 꽃 따로 알았던 거다. 심지어 냉이꽃과 사이좋게 무리를 지어 피는 노란 꽃도 냉이인 줄로 알았더니, 그건 꽃다지라는 전혀 다른 식물이었다. 그때부터 본격적인 잡초 탐구 생활이 시작되었다. 이 풀 저 풀 모두 잡초라고 퉁치지 말고, 최소한 나에게 작은 용기를 주는 식물의 이름은 알자는 마음에서였다.

잡초의 사전적 정의는 "가꾸지 않아도 저절로 자라나는 여러 가지 풀"인데, 이 뜻풀이보다 더 빠르게 치고 올라오는 잡초의 인상은 '방해꾼'이다. 논과 밭에 작물을 파종하거나 전원주택 마당에 잔디를 심었는데 작물과 잔디 외에 다른 식물이 돋아난다면 그 식물은 제거해야 할 잡초다. 이 잡초가 작물과 잔디 이상으로 더 왕성하게 자라서 문제다. 바야흐로 '잡초와의 전쟁'이 시작된다. 뽑아도 뽑아도 끝없이 올라온다. 심지어 잡초를 제거한다고 흙을 뒤집었다가는 오히려 흙 속에 묻혀 있던 잡초의 씨앗들이 더 잘 발아하는 환경을 만들 수도 있다고 한다. 잡초의 '잡'은 여러 가지가 뒤섞였다는 접두사인데, 잡초에게 시달리다 보면 말 그대로 가지가지 한다는 탄식이 절로 나올 것 같다. 농사를 짓거나 마당 있는 집에 산다면 잡초를 예쁘게 보려야 볼 수가 없을 것이다. 다행히 나는 잡초와 원한 관계를 맺을 일은 없다. 오히려 다채로운 잡초를 들여다보는 재미에 시간 가는 줄 모른다.

아스팔트로 꼼꼼하게 길을 포장한 도심에서는 잡초를 만나도 보도블록 틈이나 화단 모서리에서 한두 포기 볼까 말까 하는 정도지만, 대중교통으로 한 시간을 넘게 달려 경기도 남양주에 내리면 잡초들의 세상이 펼쳐진다. 버스 정류장에서 학교까지는 걸어서 십여 분 거리다. 그 길에서 잡초들의 이름을 하나씩 익히며 관찰하는 재미가 쏠쏠했다. 사실, 그 길은 풍광이 좋은 편은 아니다. 주변에 높은 건물이 없어서 시야는 트여 있지만 그건 개발이 안 되어서다. 길 양쪽으로 슬레이트 지붕을 올린 창고와 공장, 주택 몇 채가 이어진, 평범하다 못해 조금 썰렁한 변두리 골목길이다. 하지만 그 길가에서 자리를 잡고 한 치도 양보하지 않겠다는 결기를 보여주는 식물들 덕분에 나도 모르는 사이에 굽었던 등이 쭉 펴졌다.

3월 초, 학교에서 새로운 얼굴을 만날 무렵이면 각종 로제트 식물이 길가를 천천히 초록색으로 메웠다. 학생들의 이름을 하나둘 익히는 속도와 엇비슷하게 로제트 식물들은 꽃대를 올렸다. 민들레가 노란 신호탄을 쏘아 올릴 때 보랏빛 제비꽃도 점점이 피어났다. 출근할 때는 부지런히 걸음을 재촉하느라 이름을 아는 냉이꽃과 꽃다지만 눈에 들어왔지만 퇴근길에는 여유가 있어서 좀 더 많은 꽃을 찬찬히 살필 수 있었다. 처음에는 이 꽃 저 꽃 사진을 찍고 부지런히 이름을 검색했다. 하지만 김지은을 김지연이라 부르고 박민섭을 박민석이라 부르는, 이름 못 외우기로 유명한 선생답게 쓴바

4월의 성균관 명륜당 월대에
로제트 식물이 빼곡하다.

귀를 고들빼기라 불렀고 개망초를 봄망초라 불렀다. 욕심내지 않고 하루에 한 가지 이름만 익히기로 했다. 이름을 모른 채 이별하더라도 이듬해 봄에 제 자리에서 다시 피어날 테니, 제대로 이름을 불러줄 기회는 또 있다.

개성이 강한 꽃은 별다른 노력을 하지 않아도 이름이 단번에 입력된다. 꽃마리는 처음 보았을 때 꽃송이가 너무 작아서 꽃을 달고 있는 줄도 몰랐다. 몸을 낮춰 코앞에서 보아야 꽃이 눈에 겨우 들어왔다. 연한 하늘색으로 물든 다섯 장의 꽃잎은 중심부로 들어갈수록 점점 색이 흐려지다가 노란 수술에서 정점을 찍는데, 이런 색채의 변화가 2밀리미터가 될까 말까 한 꽃송이 안에서 이루어진다. 장미나 모란처럼 크고 화려한 꽃에서는 볼 수 없는 미세한 세계가 꽃마리 속에 있었다.

온몸으로 확실하게 존재감을 드러내는 꽃도 있다. 출근길에서 쨍하게 노란 애기똥풀의 꽃잎이 눈에 띄어 나도 모르게 손이 갔다. 여러 송이가 피어 있으니 한 송이 정도는 꺾어도 괜찮겠지 싶었다. 여린 꽃대를 살짝 꺾어 들고 있던 책 사이에 끼웠다. 수업을 마치고 점심을 먹기 위해 손을 씻으려는데 손끝에 노란 얼룩이 묻어 있었다. 아까 꺾은 꽃에서 묻은 건가? 꽃잎은 안 만졌는데…. 대수롭지 않게 여기고 며칠을 지냈다. 끼웠던 꽃이 잘 말랐는지 궁금해 책장을 넘겼더니 종이에는 노란 도장이 꾹 찍혀 있었다. 허락도 없이 꽃대를 꺾은 이에게 보내는 애기똥풀의 옐로카드였다. 줄기에서 흘러나온 노란 액체 때문에 애기똥풀이라는 이름이 붙었다더니, 신생아의 기저귀를 갈아 본 사람이라면 누구나 고개를 끄덕일 수 있는 작명이다.

찬 기운이 점점 사라지면서 남양주의 버스 정류장은 봄날의 들풀과 야생화로 빼곡하게 채워졌다. 쇼트트랙 선수들이 추월을 하듯 식물들은 앞을 다퉈 경쾌한 기운을 뿜어냈다. 버스에서 내리면 요한 슈트라우스의 〈봄의 왈츠〉를 틀어놓은 듯, 나도 모르게 발가락이 강-약-약 3박자 리듬에 맞춰 꼼지락댔다. 강아지풀과 우산살 모양의 바랭이풀이 무성해지고 선명한 코발트색의 닭의장풀 꽃이 군데군데 필 무렵이면 버스 정류장 건너편 둑길에는 한 달 내내 큰금계국이 노란 물결을 일렁였다.

연분홍 메꽃과 보랏빛 나팔꽃이 줄줄이 피어나는 사이에 계절은 한여름으로 바뀌었다. 출처를 알 수 없는 사탕 같은 향기에 어리둥절하다가 단체로 나타난 토끼풀꽃에 코를 가까이 갖다 대고서야 의문이 풀렸다. 그날부터는 꽃의 모양만 살피지 않고 냄새도 맡아보기 시작했다. 꽃은 보이지 않는데 어딘가에서 강력한 향기가 뿜어져 나온다면 근처에 칡꽃이 피어 있을 거라 짐작했다.

여름이 절정에 달하자 풀들은 으르렁거리며 길을 잠식했다. 마치 이 길의 주인은 나라고 포효하는 듯했다. 자존심 상하게 식물에게 사람 다니는 길을 빼앗길 수는 없으니, 이맘때가 되면 잡초 제거의 특명을 띤 이들이 주기적으로 나타난다. 여름방학이 얼마 남지 않은 날이었다. 금방이라도 녹아내릴 듯한 7월의 오후, 정류장에서 15분에 한 대 다니는 버스를 기다리고 있었다. 왱 하는 소리에 고개를 돌리니 아지랑이가 피어오르는 길 끝에서 세 명의 '잡벤저스'들이 천천히 걸어오고 있었다. 두 명이 긴 자루에 붙은 회전 날을 돌리며 잡초를 베면 나머지 한 명은 강력한 바람으로 잘린 풀을 도로 너머로 날리는 방식으로 작업을 수행했다. 잡초는 진한 풀내음을 남기고 떠나갔다. 하지만 거기서 끝이 아니었다. 잡초는 "아일 비 백"을 몇 번이고 반복해서 말할 수 있을 정도로 끈질긴 생명력을 지녔다. 방학을 지내고 8월 중순에 다시 남양주로 출근하니 길가에는 다시 풀이 무성했다. 버스 정류장을 지키는 당번이 자주색 개여뀌로 바뀌어 있을 뿐이었다.

　가을이 되면서 풀꽃들은 빛이 바랬다. 사람들은 머리 위의 단풍을 감상하느라 바빴지만 나는 길바닥의 변화를 분주히 살폈다. 단풍은 길가의 잡초에도 든다. 강아지풀의 잎사귀 끝은 자주색으로 물들었다. 곧이어 낙엽이 떨어지고 눈이 내리는 사이 잡초들은 누렇게 말라 죽었다. 짧은 생을 마감한 잡초의 명복을 빌며 돌아서는데 뭔가 찜찜했다. 정말 끝일까? 마른 풀을 다시 보았다. 눈에 보이지 않는다고 끝이 아닌 경우가 있으니까. 그러면 그렇지, 꽁꽁 언 땅 밑에서 멀쩡하게 살아있는 풀도 있단다. 질경이가 대표적이다. 얼마나 질기면 이름도 질경이일까? 하늘하늘한 꽃잎은커녕 줄기도 없어서 맨땅에 딱 달라붙어 있는 모양이 얼핏 보면 안쓰럽지만 외모와 달리 결코 우습게 여길 수 없는 풀이다. 밟혀도 밟혀도 잘 죽지 않는, 식물계의 불사신이랄까. 사람들이 롱패딩으로 온몸을 김밥 말듯 싸매고 종종걸음을 치는 계절에도 질경이의 뿌리는 땅속에서 우아하게 스트레칭을 하고 있겠지.

　이쯤 되면 우리가 퉁쳐서 '잡초'라고 부르는 들풀과 야생화를 보잘것없다고 무시하면 안 될 것 같은데, 그와 동시에 떠오르는 노래 한 소절이 있다. 요즘 초등학생과는 감히 비교할 수 없을 정도로 한가했던 국민학교 시절, 나는 텔레비전에서 흘러나오는 가요를 아무 생각 없이 따라 부르곤 했다. 한두 번만 흥얼거려도 가사를 다 외울 정도로 암기력이 최고조에 달했던 때, 〈잡초〉의 가사는 질경이처럼 내 장기기억에 촘촘히 뿌리를 내렸다.

위대한 가왕 나훈아 님에게 딴지를 걸 생각은 없지만, 잡초에 관심이 있는 사람이라면 이 노래의 가사에 조심스럽게 이의를 제기할 수밖에 없다. 〈잡초〉는 "아무도 찾지 않는 바람 부는 언덕에 / 이름 모를 잡초야"로 시작해서 "아무것도 가진 게 없네"로 절규하다가 "아무것도 없는 잡초라네"로 잦아들며 끝나는데, 출발부터 삐걱거린다.

잡초라고 하면 흔히 질긴 생명력을 떠올린다. 그런데 잡초는 의외로 다른 식물과의 경쟁에는 약한 풀이라고 한다. 식물학자 이나가키 히데히로는 《전략가, 잡초》에서 경쟁에 약한 잡초는 숲에서는 자라나기 어렵고 오히려 다른 식물이 잘 자라려고 하지 않는 길가에서 자란다고 설명한다. 이 말에 따르면 보도블록 사이에서 흔히 볼 수 있는 잡초를 "아무도 찾지 않는 바람 부는 언덕"에서는 못 볼 수도 있다는 얘기다. "한 송이 꽃이라도 있으면 향기라도 있을 텐데"도 걸린다. 꽃을 피우지 않는 식물을 민꽃식물이라고 하는데, 이끼나 고사리가 해당된다. 우리가 잡초라고 부르는 식물은 대부분 씨를 맺는 종자식물이다. 꽃이 피어야 씨를 맺을 게 아닌가. 잡초도 당찬 한 송이 꽃을 피운다. 이 꽃들은 관심이 있는 사람의 눈에만 보일 정도로 작지만 작다고 없는 건 아니란 말씀. 말장난 같지만 꽃잎이 없는 꽃도 있다. 대표적으로 강아지풀이 그렇다. 이런, 밤에 피는 달맞이꽃의 은은하게 달짝지근한 향기를 맡으면 "향기라도 있을 텐데"도 수정할 수밖에 없다.

무엇보다도 "이것저것 아무것도 가진 게 없어"는 잡초에게 큰 실례다. "발이라도 있으면은 님 찾아갈 텐데 / 손이라도 있으면은 님 부를 텐데"는 가진 것이 없어서 님에게 닿을 수 없는 애절한 마음을 표현한 구절이다. 구구절절 안타깝다. 하지만 원래 식물은 손발이 없으니 잡초에게만 할 말은 아니고, 잡초가 아무것도 가진 게 없다고 하면 더욱 곤란하다. 이나가키 히데히로는 위의 책에서 잡초의 다양한 생존전략을 구체적으로 소개하는데, 특히 잡초가 얼마나 지능적인지 말해 준다. 뇌가 없는 잡초에게 지능적이라는 수식어가 너무 과하지 않느냐고 반문할 사람들에게 저자는 새포아풀의 전략을 소개한다.

새포아풀은 일본 골프장의 주요 잡초로, 우리나라에서도 흔히 볼 수 있는 풀이다. 새포아풀은 생존을 위해 골프장의 잔디 깎기를 '피하는' 전략을 구사한다고 한다. 한마디로 잔디 깎기 기계가 지나가는 높이를 고려해 이삭을 맺는다는 것이다. 심지어 러프와 페어웨이, 그린에 따라 이삭을 맺는 위치가 다르다고 한다. 페어웨이는 러프보다 낮은 위치에서 잔디를 깎으니 페어웨이의 새포아풀은 러프의 새포아풀보다 낮은 위치에서 이삭을 맺고, 페어웨이보다 더 잔디를 짧게 깎는 그린에서는 아예 땅에 바짝 붙은 높이에서 이삭을 맺는다. 새포아풀은 다양한 장소에서 유전적 변이를 일으켰다는 사실이 입증되었다고 하니, 이 정도면 잡초는 아무것도 가진 게 없는 게 아니라 그 다음 세대에도 다 가진 자의 수준을 유지할 게 확실하다.

잡초의 생존 전략은 알면 알수록 감탄이 나온다. 식물은 씨앗을 널리 퍼뜨릴수록 번식에 유리하다. 발 없는 식물이 다른 생물을 씨앗 배송 기사로 고용할 수 있을까? 있고 말고. 제비꽃의 씨앗에는 엘라이오솜이라는 물질이 붙어 있는데, 이 물질을 개미가 무척 좋아한다고 한다. 개미는 제비꽃 씨앗을 집으로 가져가서 엘라이오솜만 먹은 뒤에 씨앗은 내다 버린다. 개미의 다리를 빌릴 생각을 어떻게 했을까? 가냘픈 줄만 알았더니, 제비꽃에겐 다 계획이 있구나! 초등학교 과학실 어항에서 한 번쯤 본 적이 있음직한 부레옥잠은 오염된 물에서 잘 살기로 유명하다. 오염된 물에 들어있는 질소, 인 등을 흡수해 에너지로 바꾼다니, 외계에서 온 생명체가 아닌가 싶을 정도다.

이렇게 생존 전략이 잘 발달한 나머지 잡초는 사람들의 관심과 사랑보다는 미움을 받는다. 하지만 인간을 가볍게 비웃고 왕성하게 생명력을 떨치며 진화한 그들의 능력을 인정하고 오히려 한 수 배워야 하지 않을까. 〈잡초〉는 세상에 나온 지 40년이나 되었고 지금도 많은 사람들에게 사랑받는 노래다. 가진 것은 없어도 사랑하는 마음만은 간절한 이들은 언제나 있을 테니 "아무것도 없는 잡초라네"라는 노랫말은 되풀이해 불리리라. 하지만 이순신에게는 열두 척의 배가 있었고, 잡초에게는 다채로운 생존 전략이 있다는 사실은 알아주었으면 좋겠다.

학생들을 가르치고 글을 쓰는 일상은 좋으면서도 버겁다. 수업이 잘 되는 날도 있지만 그냥저냥 보내는 날도 적지 않고, 한 페이지를 쓰는 날보다 두 문단을 지우는 날이 더 많다. 그저 내가 할 수 있는 만큼만 하면 되는데, 그걸 모르지 않는데, 욕심을 부려 애를 쓰다 보면 맥이 풀린다. 그렇다고 자기 비하에 빠지고 싶지는 않다. 나에게도 잡초처럼 계속 삶을 이어갈 필살기 하나 정도는 있을 거라고 믿고, 주어진 상황을 받아들이고 하루씩만 살아내기로 한다.

밥이, 수업이, 글이 잘 안 될 때는 자리를 털고 일어나 집 밖으로 나간다. 어느 방향으로 걷든 몇 발짝만 내딛어도 금세 잡초를 만나고야 만다. 아파트 놀이터 앞 벤치 밑에 핀 괭이밥의 노란 꽃 앞에 잠시 앉아 격려의 기운을 받는다. 세상은 넓고 잡초는 많아서 다행이다.

화병이 날 때면
은행나무에게 간다

신라 시대 경문왕의 전속 복두 장인은 대나무 숲으로 갔다. 바람에 흔들리는 대나무에 대고 "임금님 귀는 당나귀 귀!"라고 외쳤다. 말을 하면 천기누설로 죽을 것 같고, 말을 안 하면 화병으로 죽을 것 같으니까 사람이 아닌 식물에 대고 외쳤겠지. 정수리에 압력밥솥 추가 달린 듯 김이 올라오고 온몸이 진동 모드로 부르르 떨린다면 복두 장인처럼 가까운 대나무 숲으로 가야겠지만 눈앞에는 빌딩 숲만 빽빽하다. 서울 도심에 사는 이는 인적이 드문 식물의 너른 품을 찾기가 어렵다. 그래도 방법이 전혀 없진 않다. 만약에 복두 장인, 아니 열받은 이가 지금 근처에 있다면 살짝 알려주고 싶은 곳이 있다. 그곳에 가면 오랜 세월 가뭄과 홍수, 난리와 전쟁을 묵묵히 견뎌내고 오늘도 말없이 하늘을 향해 서 있는 식물을 만날 수 있다.

만남에는 우연이 기본값으로 들어 있다. 이 식물과의 만남도 우연으로 시작되었다. 맑고 쨍한 2월의 어느 날, 아는 동생의 졸업을 축하하기 위해 성균관대학교에 들렀다. 동생은 아르바이트를 하면서 학부와 석사과정을 마치고 회사에 다니며 박사 학위를 받아 현대판 주경야독을 몸소 실천했다. 공부와 일, 두 가지를 모두 잘하려다 보니 과부하가 걸려 아프기도 했다. 쉽지 않은 과정을 통과해 드디어 마침표를 찍었으니 물개 박수! 당사자는 담담한데 축하하는 내가 더 신이 났다. 함께 사진을 찍고 내려오는 길에 고풍스런 기와지붕과 마주쳤다. 옛 건물로 둘러싸인 너른 마당에는 가운을 입은 졸업생, 그들의 가족과 친구들, 꽃다발이 가득했다. 고려대학교에는 고려가 없고 조선대학교에는 조선이 없지만 성균관대학교 안에는 성균관이 있었다. 그리고 거기서 공부하는 이들을 응원하고 축하하며 400년이 넘도록 묵묵히 자리를 지킨 은행나무가 있다는 사실도 덤으로 알았다.

은행나무는 도심의 가로수로 흔히 심는 식물이다. 식물에 대한 관심이 1나노그램만큼도 없는 사람도 은행나무는 안다. 하지만 그만큼 익숙하고 흔하기 때문에 은행나무가 얼마나 '족보 있는' 식물인지 모르는 사람은 꽤 있을 듯하다. 나도 잘 몰랐다. 은행나무는 공룡과 같은 시대부터 지구를 지켜 온 식물이다. 중학교 과학 시간에 배운 생물 분류 체계(종-속-과-목-강-문-계)를 기준으로 은행나무의 족보를 더듬어 올라가면 은행나무 집안이 생물계 전체에서 독보적으로 뼈대 있는 가문이라는 사실을 확인할 수 있다. 은행나무는 은행나무속, 은행나무과, 은행나무목, 은행나무강, 은행나무문에 속하는 식물이다. 다양하게 종 분화가 일어나는 다른 생물과 달리 '칼각'의 외길을 걷고 있다. 게다가 오래 살기로 명성이 자자하다. 경기도 양평의 용문사 은행나무는 우리나라에서 가장 오래된 은행나무로 알려져 있는데, 천 년이 넘는 수명을 자랑한다. '백 년도 못 살면서 천 년을 살 것처럼 집착하는 인생아!' 아파트 단지를 둘러싼 은행나무들의 너털웃음이 들리는 것 같다.

성균관에 은행나무를 심은 데는 그 나름의 이유가 있다. 조선은 유학을 삶과 통치의 이념으로 천명했으니 국가 최고 교육기관이라면 유학을 대표하는 이미지를 가진 나무라야 어울린다. 유학은 공자로부터 출발하므로 공자의 가르침을 상징하는 나무를 심는 것이 자연스럽다. 공자는 행단杏壇

에서 가르침을 베풀었다고 하는데, 여기서 '행'이 은행나무를 뜻하므로 성균관을 비롯한 지방 향교, 서원에는 은행나무를 심었다.

그런데 '행'은 은행나무만을 나타내지는 않는다. 살구나무도 같은 글자로 표기한다. 게다가 공자의 고향인 중국 산둥성 곡부의 '원조' 행단에는 은행나무가 없단다! 그곳에는 살구나무만 있다는 글을 처음 읽었을 때는 설마 싶었다. 그런데 검색을 하면서 여러 번 같은 내용을 확인할 수 있었고, 좀 충격을 받았다. 나랏말씀이 중국과 달라 조선의 선비들이 살구나무를 은행나무로 착각한 것일까? '유학=은행나무'가 착각으로 만들어진 상징이라니, 너무 큰 실수가 아닌가 싶은데, 실수는 또 있다.

은행나무의 학명인 '깅크고 빌로바*Ginkgo biloba*'도 실수가 깃든 이름이라고 한다. 학명은 말 그대로 학문적인 이름이라 앞에서 나왔던 종-속-과-목-강-문-계에서 속명과 종명을 라틴어로 표기한 것으로, 식물의 모양이나 색깔을 비롯한 특징을 나타낸다. '빌로바'는 두 갈래로 갈라졌다는 뜻으로 은행나무의 잎사귀 모양을 연상하면 쉽게 이해가 된다. 문제는 '깅크고'다. 식물학의 시조 격인 린네가 은행나무의 학명을 명명하면서 은행을 일본식으로 발음한 '깅쿄*Ginkyo*'를 붙였는데, 식자공의 실수로 y가 g로 바뀌었다고 한다(정말 식자공의 실수인지는 대나무 숲에 물어봐야겠지만 말이다).

세상 최고로 진지한 순간이라고 해서 실수를 하지 말라는 법은 없다. 살구나무든 은행나무든, 깅쿄든 깅크고든 아무러면 어떠냐. 무슨 나무든 그 그늘 밑에서 진지하게 인의예지신을 가르치고 배운 사람들이 있었다는 사실이 중요하다. 지방 향교나 서원에 심긴 은행나무가 지금도 유치원과 초·중·고등학교, 대학 캠퍼스에도 부지런히 뿌리를 내리며 공부하는 이들을 응원하는 모습이 의미가 있다.

응원은 사람끼리만 주고받는 거지, 말 못 하는 식물이 무슨 응원을 하느냐고 묻는다면 들려주고 싶은 이야기가 있다. 가로수로 심긴 은행나무의 '파이팅'을 받은 적이 있기 때문이다. 고3의 봄, 우리 집의 가정 경제를 움직이던 보이지 않는 손은 만지는 물건마다 금으로 변하는 미다스의 손이 아니라 금을 돌로 만드는 마이너스의 손이었다. 급기야 십 년 넘게 살던 동네에서 이사를 해야 했다. 하지만 대학 입시가 임박한 고3에 전학을 갈 수는 없어서 대중교통으로 한 시간이 걸리는 거리를 오가게 되었다. 이사한 것도 힘든데 먼 길을 통학하자니 괜스레 처량한 기분이 들었다. 어느 봄밤, 평소와 같이 야간 자율학습을 마치고 밤 열 시에 지하철을 탔다. 30분을 달려 2호선 시청역에서 내렸는데 집에 도착하려면 아직도 갈 길은 멀었다. 계단을 올라 또 버스를 타야 했다.

첫 모의고사가 다가와 불안하고 무서웠다. 나도 모르게 자꾸 시선이 땅바닥으로 향했다. 한숨을 푹푹 쉬며 겨우 지하철 출구로 나왔다. 그렇게 계속 땅바닥만 봤다면 그날 은행나무의 작고 통통한 손짓을 보지 못했을 것이다. 문득 밤하늘을 올려다보니 지금 막 나온 듯한 조그만 연녹색 잎사귀들이 가로등 불빛에 반짝였다. 수십, 수백 개의 손이 봄바람에 가볍게 흔들리고 있었다. 나와 별 상관이 없는 존재라도 자기 자리에서 잘 살아 있으면 그 자체만으로 응원이 된다는 사실을 그때 처음 알았다.

대한민국에는 꽤 유명한 은행나무들이 있다. 천연기념물로도 22종이나 지정해 놓았다. 앞에서 말한 용문사의 은행나무를 비롯해 크고 오래된 은행나무들이 많다. 하지만 성균관의 은행나무처럼 두 그루가 나란히 서서 독특한 분위기를 자아내는 곳은 아직 가 보지 못했다. 한 그루만 있었다면 지금과 같이 장중하고 든든한 느낌은 없을 것이다. 세월의 풍파를 함께 이겨낸 둘 사이에는 특별한 연대가 느껴진다. 수백 년이 흐르는 동안 이곳을 거닐던 유생들은 떠났지만 두 나무는 오늘도 성균관의 터줏대감으로 자리하며 이 대학의 청년들을 지켜보고 있다. 그 의연한 자태는 진흙탕에서 구르다 몸과 마음이 상한 이들에게 청명한 기운을 불어넣기에 충분하다. 성균관 은행나무 앞에 서면 나도 모르게 옷깃을 여미고 싶어진다. 거룩한 존경심마저 솟아나기 때문이다.

이 은행나무들은 공룡처럼 거대하다. 가지 끝을 보려면 목을 최대한 뒤로 젖혀야 한다. 높이가 20미터가 넘으니 6층 건물보다 높다. 둘레도 엄청나다. 눈대중으로 봐도 대여섯 사람이 팔을 벌려야 감싸 안을 수 있을 것 같다. 이 나무들을 처음 본 날은 2월 말이었다. 상록 침엽수를 제외한 2월의 나무들은 잎사귀를 남김없이 떨궈 초라하고 앙상해 보이는데 이 두 그루는 예외다. 잎이 없어서 수형이 온전히 눈에 들어오고, 공중으로 호쾌하게 뻗은 가지 끝마다 강력한 힘이 뿜어져 나올 듯하다. 하늘을 향해 솟구친 나뭇가지의 직선을 눈으로 따라가다 보면 내 몸도 덩달아 살며시 떠오르는 기분이 든다.

성균관대학교 로터리부터 정문을 통과해 교내로 이어

새봄, 새 잎을 틔운 성균관 은행나무

지는 길 양옆에 심긴 은행나무들은 4월 초면 새잎이 돋아나기 시작한다. 하지만 그 즈음에도 성균관의 두 은행나무는 꿈쩍도 하지 않는다. 큰 나무는 잎도 천천히 틔우는 법인지 잎이 날 기미는 전혀 없다. 혹시 죽은 건 아니겠지 하며, 하루에 한 번은 성균관에 들러 잠잠한 나뭇가지를 물끄러미 바라본다. 출근하듯 나무 앞에 선 지 며칠째, 드디어 나뭇가지에 달린 갈색 잎눈이 갈라지기 시작한다. 이때부터는 하루가 다르다. 거대하고 연로한 나무의 몸체와 어울리지 않는 앙증맞은 잎이 매일 조금씩 뻗어 나와 나무 전체를 은은한 연둣빛으로 물들인다. 가지마다 빼곡하게 새 잎을 틔운 은행나무는 400년을 쉼 없이 반복한 생의 주기를 다시금 의연하게 맞이한다.

계절이 여름으로 접어들면 은행나무의 진한 초록빛 잎사귀는 나뭇가지 사이사이를 빽빽하게 채우고 생기를 내뿜는다. 나무는 큰 그늘을 만들어 동네 주민들을 불러들인다. 점심시간, 식후의 짧은 산책을 즐기러 나온 직장인들과 오후의 더위를 피하러 찾아온 동네 할머니들에게 은행나무가 제공하는 그늘은 언제나 넉넉하다. 도심에서는 닭둘기라고 외면당하는 비둘기 무리도 성균관의 은행나무 아래에서는 풀

씨를 쪼아 먹으며 평화롭다.

은행나무의 반전은 늦가을에 이루어진다. 유홍준은 《나의문화유산답사기10 : 서울편2》에서 11월 첫째 일요일 혹은 둘째 일요일에 '성균관'이라는 메모를 한다고 썼다. 성균관 은행나무의 단풍이 절정에 달하는 순간을 보기 위해서란다. 큰 나무는 단풍도 한 박자 느리다. 주변의 나무들이 빨갛고 노란 잎으로 물들어도 성균관의 은행나무들은 그들을 본체만체한다. 그러다가 햇빛을 많이 받는 가지들부터 초록빛이 서서히 흐려진다. 두 나무 전체가 완전히 노란색으로 바뀌는 데는 적어도 3주 이상이 걸린다. 갑자기 비가 내리거나 바람이 휘몰아치기라도 하면 하루아침에도 잎사귀를 다 떨굴 수 있어서, 이때부터는 매일 성균관에 들른다. 이 즈음에는 다른 계절과 달리 성균관을 찾는 이들이 확 늘어난다. 은행나무를 배경으로 사진을 찍는 사람들을 멀찍이서 바라보며 나는 한 해의 과업을 다 마친 나무에 응원을 보낸다. 그대들 덕분에 올해도 무사히 지나가고 있다고.

이마를 스치는 바람이 더는 서늘하게 느껴지지 않고 싸늘하게 다가올 때, 은행나무는 잎을 털어내기 시작한다. 완전히 빈 가지가 되기까지는 또 몇 주가 걸린다. 은행나무는 천천히 내가 처음 보았던 모습으로 돌아간다. 운이 좋아 눈이라도 내리면 하얗게 변한 성균관의 마당과 기와지붕을 배경으로 우뚝 솟은 나무를 볼 수 있다. 다시 봄을 맞을 때까지 매일 같은 모습으로 당당하게 서서 나의 문안을 받는다.

우연히 성균관에 발을 들여놓은 날부터 나는 마음이 가라앉는 날이면 성균관으로 쪼르르 달려오곤 했다. 살면서 겪을 수밖에 없는 소소한 짜증, 잊을 만하면 반복되는 실수, 도전하는 순간부터 시작되는 실패와 절망이라는 '1+1 세트'에다 난데없이 터지는 분노의 불꽃놀이까지, 입꼬리와 어깨를 처지게 만드는 사건과 사고는 좀처럼 잠잠할 줄을 모른다. 바쁘다는 핑계로 그때그때 닦아내지 않으면 나도 모르는 사이에 우울과 절망은 마음 밑바닥에 기름때처럼 찐득하게 눌어붙는다.

딱히 사연을 풀어놓을 곳이 없을 때 성균관의 은행나무 가지들이 떠올랐다. 자기들을 보러 오라고 수신호를 보낸 적은 없지만, 성급한 의인화를 하는 실례를 무릅쓰고라도 그들의 부름에 응답했다. 은행나무 앞에 머물면 들끓던 속이 차분하게 가라앉곤 했다. 명륜당 월대 한가운데에 앉아서 은행나무 가지들이 몇백 년에 걸쳐 만든 수직선을 바라보면 마음의 주름이 다림질한 듯 판판하게 펴졌다. 불멍, 물멍, 하늘멍도 좋지만 내겐 '은행멍'이 최고다.

좋은 것을 함께 하고 싶은 마음에 나는 기회만 되면 지인들을 성균관으로 안내하곤 한다. 신이 출입하는 신삼문, 왕이 출입하는 동삼문은 제를 지내거나 특별한 행사가 있는 날만 열린다. 하지만 동삼문 옆 출입문은 365일 정해진 시간에 항상 열리고 닫힌다. 이른 아침이나 한밤중만 아니라면 언제든 들어가 은행나무를 볼 수 있다. 출입문을 통과하면 바로 은행나무와 맞닥뜨리는데, 그때 동행인에게 꼭 하는 당부가 있다.

"뒤를 돌아보지 말아요!"

뒤돌아보면 소금기둥이나 돌이라도 되나? 반신반의하는 이와 명륜당 월대에 오른 뒤에 이제 되었다고, 뒤를 돌아보라고 하면 열에 아홉은 깜짝 놀란다. 은행나무의 장엄함에 완전히 압도당하기 때문이다. 주변에 높은 건물이 없어서 탁 트인 전망을 배경으로 은행나무 두 그루는 온전히 관찰자의 시선을 받는다. 맑은 날은 빛을 받아서 웅장하고, 흐린 날은 회색 구름을 배경으로 은은한 수묵화의 주인공이 된다. 말이 필요 없는 시간이 흐르는 동안, 속에서 빗발치던 온갖 생각과 감정은 자연스럽게 잦아들고, 대신 층층이 은행잎이 쌓인다.

두 은행나무를 처음 보았을 때는 한 그루는 암나무, 한 그루는 수나무일 거라고 생각했다. 우리 조상들이 얼마나 음양의 조화를 중시한 분들인지 좀 아니까. 그런데 성균관대학교를 졸업한 동네 언니에게 이야기를 들어 보니 내가 잘못 짚은 거였다. "두 그루 모두 수나무야. 그래서 성균관 안에는 은행이 굴러다니지 않지. 여자는 성균관에 못 들어온다고! 나무도 예외가 아니야."

성균관은 교육의 공간인 명륜당과 제사의 공간인 대성전으로 나뉜다. 명륜당 앞마당에 심긴 두 그루 외에도 대성전의 삼문 좌우에 은행나무가 한 그루씩 심겨 있다. 모두 수나무다. 언니의 말대로 조선 시대의 성균관은 여성을 허락하지 않았으니 은행나무 암나무도 마찬가지였을 거라는 말은 볶은 은행처럼 뒷맛이 씁쓸했다. 유홍준은 위의 책에서 중종 때 명륜당 안뜰에 은행나무 두 그루를 심었다는 기록을 소개하면서 은행 열매로 인해 악취가 났고 노비들이 은행 열매를 주우면서 앞마당이 시끄러웠다는 이야기도 곁들였다. 냄새와 소음의 원흉인 암나무를 베어내고 수나무를 다시 심었을지 모른다고 추측할 수 있는 대목이다. 은행 열매가 골칫거리인 건 예나 지금이나 마찬가지였나 보다. 중간 과정이 어찌 되었든, 결국 성균관 안뜰에는 은행이 굴러다니지 않는다.

여성의 입학을 허락하지 않았던 조선 시대 성균관이 배경인 드라마 <성균관 스캔들>에서 여주인공 김윤희는 남동생 김윤식의 이름을 빌려 성균관에 잠입, 학문에 정진하며 친구들과 우정을 나눈다. 드라마의 말미에 주인공은 사랑의 열매를 맺고 '스캔들'은 '해피엔드'로 마무리되지만, 이 드라마는 '기승전-사랑'으로 끝나고 마는 이야기는 아니다. 여주인공을 비롯한 주요 등장인물, '잘금 4인방'이 각자에게 짐 지워진 성별, 신분, 당파, 가문의 한계에 도전하며 성장하는 과정을 자세히 보여 준다. 그 과정을 따라가다 보면 공부를 한다는 건 좀 더 나은 사람이 되는 일임을 확인할 수 있다.

성균관에 여성이 입학할 수 없었던 세상은 역사 속으로 자취를 감춘 지 오래지만 세상에는 여전히 차별이 존재한다. 외려 차별을 넘어 서로를 혐오하는 지경에 이르렀으니 세상이 거꾸로 돌아가는 것 같다. 오늘도 말없이 의연한 모습으로 '수신제가 치국평천하'를 몸으로 실천할 수 있는 존재는 사람이 아니라 나무가 아닌가 싶다. 공부가 사람을 변화시킬 수 있을까? 인간에게 붙은 '만물의 영장'이라는 수식어는 진작 떼어 냈어야 했는데…. 과연 공부가 사람을 변화시킬 수 있을까?

새봄, 성균관에 들렀다가 곱게 한복을 입은 어린이들을 만났다. 예절학교 체험을 위해 줄맞추어 명륜당 마루에 앉은 아이들의 까만 뒤통수에서 반짝반짝 빛이 났다. 내가 귀한 만큼 다른 사람이 귀하다는 건 저 나이에도 어느 정도 이해할 수 있는 사실이지만, 나를 아끼고 타인을 존중하는 건 평생을 연습해야 하는 일이다. 또 이 연습은 혼자서는 하기 힘들다. 사람은 관심과 격려를 주고받을 사람이 있을 때 함께 조금씩 성장할 수 있다. 오늘 성균관을 찾은 어린이들이 은행나무 두 그루처럼 서로의 존재를 힘입어 든든하게 성장하는 사람이 되기를, 그들이 열어갈 시대는 좀 더 나은 세상이기를 진심으로 기원했다.

사랑이 필요한 사랑

───────────────── 장미 아파트의 장미 화단

집 밖에서 초록의 기운을 느끼기 어려운 11월 말로 접어들면 꽃시장에 간다. 칼바람에 코끝이 얼얼하지만 곧 누릴 호사를 생각하며 잠깐의 추위를 물리친다. 남대문 대도상가 3층의 꽃시장까지는 버스로 30분이면 충분하다. 계단을 오르며 마음을 가라앉히려 심호흡을 한다. 문을 여는 순간 수십 종의 꽃이 내뿜는 향기의 세례를 받을 것이고, 그 아찔한 향에 취해 이 꽃도 저 꽃도 다 사고 싶을 테니까.

꽃시장에는 온갖 꽃들이 제각기 남다른 매력을 뽐내지만 열에 아홉 번은 장미를 산다. 라넌큘러스는 꽃잎이 풍성하고 아름답지만 향기가 없다. 프리지어는 향기가 좋지만 꽃잎이 밋밋해서 아쉽다. 어떤 꽃을 살까 고민하며 꽃시장을 몇 바퀴 돌아도 결국 장미 앞에서 걸음을 멈춘다. 하지만 장

미로 선택지를 좁힌 뒤에도 고민은 계속된다. 강렬한 기운을 내뿜는 빨간 장미를 점찍었다가 부드러운 우윳빛이 감도는 백장미 봉오리에 빠져든다. 노란 장미는 상큼한 매력을, 주홍 장미는 경쾌한 느낌을, 분홍 장미는 달콤한 분위기를 풍기며 앞다투어 나를 유혹한다. 이 소리 없는 아우성을 진정시키려면 장미들에게 번호표를 나눠주고 하나씩 순서대로 데려가는 게 최선일지 모른다.

은은한 연핑크 브루트 장미를 한 단 사서 다시 버스에 오른다. 신기하게도 목과 어깨를 누르던 겨울의 무게가 더는 느껴지지 않는다. 신문지에 싸인 장미 꽃봉오리에 코를 바짝 대면 다른 세상으로 순간 이동을 한 기분마저 든다. 집에 도착해 가지와 잎사귀를 정돈하고 꽃병에 꽂는다. 이 꽃봉오리들이 천천히 벌어져 마지막 꽃잎 한 장이 펼쳐질 때까지, 답답하고 갑갑한 실내 생활을 행복하게 버틸 수 있을 것이다. 졸업, 입학, 생일을 축하하는 의미로 꽃을 주고받아도 좋지만, 별다른 일 없이 평범한 날에 장미꽃을 사면 하루가 특별해진다.

꽃은 사람들의 삶을 아름답고 풍요롭게 만들어 준다. 그중에서도 장미는 꽃의 대표 주자다. 꽃의 대명사라고 할 만하다. 게다가 아름다움과 사랑의 상징이라는 왕관까지 썼다. 재배 역사와 유통량 면에서도 장미는 자신의 독보적인 지위를 다른 꽃에 내준 적이 없다. 사람들이 장미를 좋아하고, 가꾸고, 누린 시간은 수천 년을 훌쩍 뛰어넘는다. 장미는 동서양의 신화와 경전, 왕가의 이야기에 두루 등장한다. 아프로디테, 클레오파트라, 성모 마리아의 꽃이었고 시대와 문명을 넘나들며 가지를 뻗고 꽃을 피웠다. 하지만 우리가 흔히 머릿속에 떠올리는, 긴 줄기에 크고 화려하고 꽃봉오리가 오뚝하게 달린 장미의 이미지는 비교적 최근에 형성되었다.

장미의 학명 로사 하이브리다*Rosa Hybrida*에도 나타나 있듯이 장미는 하이브리드, 즉 혼종성이 두드러지는 식물이다. 이 혼합은 자연 상태에서 우연히 일어나기도 했지만 사람이 의도적으로 실행하기도 했다. 더 아름답고 향기롭고 여러 번 꽃을 피우는 장미를 키워내고 싶었던 육종가들은 각기 다른 특징을 지닌 동서양 장미들을 교잡했다. 1867년 프랑스의 장미 육종가 장 밥티스트 앙드레 기요가 '라 프랑스'라는 품종의 하이브리드 티 장미를 탄생시키면서 본격적인 현대 장미의 시대가 열렸다고 알려져 있다.

우리가 꽃가게에서 만나는 장미들은 대대로 이어진 품

종 개량의 산물이다. 장미의 품종을 보면 수천 년을 거치며 꽃을 피운 장미에 녹아든 인간의 정성이 얼마나 대단한지 알 수 있다. 장미의 원종은 세계적으로 약 200여 종이 있는데, 그 원종을 교잡해서 만든 품종은 2만 5천 종 이상이라고 한다. 매년 새로 100여 품종이 탄생한다는 사실도 놀랍지만 출시된 품종의 수명이 5년 정도밖에 되지 않는다니, 더 아름다운 장미를 새록새록 꽃피우고 싶은 인간의 욕망이 대체 어디까지 뻗으려는지 가늠하기 어렵다.

우리 아파트 단지에도 장미가 있다. 후문에 연결된 담장 안쪽에 장미가 세 그루 심겨 있다. 하지만 사철나무와 회양목이 장미의 줄기를 절반쯤 가리고 있어서 수형을 제대로 파악하기가 쉽지 않다. 나뭇가지를 조심스럽게 헤치면 20년이 넘은 장미 줄기의 아랫부분이 보인다. 직경이 5센티미터 정도 되는 줄기가 서너 개 있고 그보다 가는 줄기가 예닐곱 개다. 두꺼운 줄기는 가는 줄기에 비해 초록빛이 거의 돌지 않는다. 같은 뿌리에서 나온 줄기들이지만 해를 달리하며 순차적으로 자라났다는 사실을 알 수 있다. 빛을 충분히 받지 못하는 담장 그늘에서 이 정도 자랐으면 장미로서는 최선을 다한 셈이다.

하지만 사람들은 이 장미에 별로 관심을 주지 않은 듯하다. 장미 줄기 윗부분만 벽돌 담장 사이의 철제 울타리에 붉은 비닐 끈으로 고정되었을 뿐, 다른 가지들은 온통 제멋대로 웃자라 있다. 아니, 웃자랐다는 말로는 부족하다. 줄기보다 더 긴 가지들이 고무호스처럼 끝도 없이 늘어졌다. 심지어 바로 옆 향나무 꼭대기까지 올라간 가지도 있다. 무질서하게 뻗어 나간 가지들은 폐가의 골조를 연상시킨다. 그래서 이 장미들은 꽃과 잎이 달리지 않는 겨울철에는 을씨년스럽고, 붉고 동글동글한 꽃송이들이 달리는 봄부터 가을까지는 볼썽사납다.

더 끔찍한 건 아파트 정문이다. 옆 단지의 화단에도 장미를 심어 놓았는데, 우리 단지와 담장을 공유하고 있어서 꽃대가 넘어온다. 이 장미도 우리 아파트 후문의 장미처럼 가지 정리가 안 되어 브라키오사우루스의 목덜미와 경쟁이라도 하듯 죄다 길쭉길쭉하다. 이건 전적으로 사람의 탓이다. 장미는 줄기를 옆으로 뉘어 고정하지 않으면 가지가 뱀처럼 쭉쭉 뻗어 나가는 특징이 있기 때문이다. 제대로 전정을 했다면 지금처럼 우스꽝스러운 모양새는 면했으리라.

프랜시스 호지슨 버넷의《비밀의 화원》에서 주인공 메

리는 십여 년 동안 방치된 정원의 열쇠를 주워 문을 연다. 메리가 아직 초록색 잎이 돋아나지 않은 정원을 "사람이 상상할 수 있는 곳 가운데서 가장 근사하고 가장 신비스러워 보이는 곳"으로 여기는 건 덩굴장미 줄기 때문이다. 정원에 들어온 메리의 시선은 빽빽한 덩굴장미로 향한다. 메리는 뿌연 안개처럼 얽힌 덩굴장미 가지를 보며 자신이 인도에서 보았던 장미꽃을 떠올린다. 사람이 돌보지 않은 장미 가지가 흉물스럽지 않고 신비하게 보이다니, 이 대목을 다시 읽으면서 말이 안 된다고 생각했다. 그런데 정원사 벤 할아버지의 사연이 그 이유를 설명해 준다. 할아버지는 메리에게 재작년까지 담장을 뛰어넘어 정원의 장미를 돌봤다는 사실을 조심스럽게 털어놓는다. 그럼 그렇지. 장미는 자기 혼자서는 아름다울 수 없는 식물이다.

겨울을 제외하고 계속 피는 장미를 '사계 장미'라고 부른다는 사실을 몰랐을 때는 아파트 정문 울타리의 장미가 미친(?) 장미인 줄 알았다. 여름에 피었다 시들어버린 장미 꽃송이들이 바짝 말라 가지에 붙어 있는데 그 사이사이에서 꽃이 새로 피니 흉물스러울 수밖에. 줄기는 어떤 상태인지 살피려고 담장을 돌아서 가 보았다. 장미가 심긴 옆 단지 화단 앞에 도착해 보니 기가 막혔다. 장미와 함께 아이비를 심어 놓았는데, 아이비 잎사귀는 내 손바닥만 할 정도로 무성한 반면에 장미는 그 기세에 눌려 거의 숨만 쉬고 있었다. 장미는 목이 졸린 상태에서 꽃을 피우고 있는 셈이었다. 이렇게 되도록 놔둔 사람들의 무심함에 화가 났다.

장미는 손이 많이 가는 식물이다. 가지치기는 기본에 불과하다. 진딧물, 응애, 깍지벌레, 총채벌레 같은 해충들은 호시탐탐 장미를 노린다. 흰가루병과 흑반병의 공격도 만만치 않다. 게다가 추위에도 약해서 겨울에는 월동 준비도 해 주어야 한다. 장미의 매력은 돌보는 사람의 관심과 사랑이 없는 곳에서는 아름답게 피어나지 못한다. 단지 밖으로 나가 동네를 한 바퀴 돌다 보면 이곳저곳에서 어렵지 않게 장미를 발견할 수 있다. 빌라 옆의 좁은 화단이나 마당이 있는 주택의 대문 위, 심지어는 건물과 건물 사이 좁은 틈새에서도 장미가 보인다. 싫어하는 식물을 애써 심었을 리가 없으니 여기에 장미를 심었던 사람은 분명히 장미를 좋아하는 사람이었을 것이다. 하지만 그는 장미를 어떻게 관리해야 하는지 몰랐던 사람이기도 하다. 그만큼 잘 가꾼 장미를 찾기가 어렵다.

나는 초등학교 3학년 때부터 고등학교 2학년 때까지 잠실 장미 아파트에 살았다. 장미 아파트로 이사를 왔을 때는 초겨울이었고 낯선 환경에 적응하느라 얼떨떨해서 장미 아파트라는 이름의 연유를 생각하지 못했다. 해가 바뀌고 5월이 되자 아파트 1동부터 31동까지 화단에서 장미꽃들이 앞을 다투어 피어나기 시작했다. 특히 1층 베란다 난간 아래마다 심어 놓은 덩굴장미 가지에서는 꽃이 무더기로 피어났다. 열 살 어린이의 눈앞에 펼쳐진 장미꽃 무리의 향연은 놀라움 그 자체였다. 텔레비전 만화 〈들장미 소녀 캔디〉의 장미꽃들이 내 눈앞에서 수십, 수백 송이씩 봉오리를 열고 있으니 입이 딱 벌어질 수밖에.

붉은 장미가 주종이었지만 흰색, 노란색, 분홍색 장미도 있었다. 나는 그중에서도 주먹만 한 꽃송이 안에 흰색, 노란색, 분홍색이 모두 들어 있는 장미에 홀딱 반했다. 중심부에서 주변으로 퍼져나가는 색의 변화가 신비로웠다. 초여름 등굣길 아침, 상쾌한 공기와 눈부신 햇살을 만끽하며 새로 핀 장미 꽃송이 사이를 지나 학교에 가던 기억은 30년이 넘은 지금도 좀처럼 지워지지 않는다. 장미 아파트 단지에 살았던 9년 동안 나를 매혹시킨 장미들은 내 마음속 정원에 고스란히 담겼다.

몇 년 전, 장미 아파트의 장미꽃이 그리워서 몰래 장미 원정을 다녀왔다. 어른이 된 뒤 어릴 적 지인들의 결혼식에 참석하기 위해 그 아파트 단지 안에 있는 교회에 간 적은 있었지만 장미꽃을 보겠다는 목적으로 방문한 적은 없었다. 식물을 들여다보는 일에 취미를 붙이기 시작한 즈음인 2017년 5월의 세 번째 토요일, 나는 잠실 장미 아파트 단지로 갔다. 어려서 보았던 좋은 것들은 실제로 보면 생각과 달리 작고 볼품없는 경우가 많아서 추억 여행은 씁쓸하게 끝날 때가 대부분이다. 내 기억에 저장된 주먹만 한 장미들이 미니장미와 다를 바가 없으면 어쩌나, 걱정 51%, 기대 49%의 마음으로 지하철에서 내렸다.

잠실나루역 3번 출구로 나왔을 때 걱정 51%는 흔적도 없이 사라졌다. 장미 아파트 단지는 말 그대로 온통 장미에 둘러싸인 세상이었다. 아니, 기억 속의 장미꽃들보다 더 풍성했다. 이 단지에서 처음 살았던 19동 앞으로 갔다. 어린 시절과 똑같이 학교에 가던 길을 걸어 보았다. 등굣길 발걸음을 잠시 멈추게 할 정도로 아름다웠던 장미들은 여전히 제자리를 지키고 있었다. 세월에 밀리지 않고 주먹만 한 꽃송이를 피우고 있는 장미들이 대견하고 고마웠다.

마야 무어의 《잃어버린 장미정원》은 잘 가꾼 장미가 얼마나 아름다울 수 있는지 보여 주는 사진집이다. 일본의 시골에서 농사를 짓던 열일곱 살 소년 오카다 가츠히데는 우연히 장미꽃 울타리와 마주쳐 장미의 매력에 빠졌다. 그는 독학으로 장미에 대해 공부하며 노인이 될 때까지 생의 대부분을 후타바 장미원에 쏟았고, 그의 시간과 사랑을 양분 삼아 자라난 750종의 장미들은 주변의 나무와 조화를 이루며 화단과 아치, 울타리에서 피어났다.

책에 수록된 장미원의 사진을 한 장 한 장 넘길 때마다 장미꽃 향기가 밀려오는 듯했다. 새벽이슬을 머금은 장미 봉오리들은 막 피기 시작한 것부터 완전히 핀 것까지 각기 다른 아름다움을 발산한다. 정원을 조망한 사진에는 장미와 인간이 함께 만든, 정갈하면서도 화려한 아름다움이 가득하다. 특히 홑꽃잎 다섯 장의 수수한 고전 장미들이 아치와 기둥을 감싼 모습이나 퍼걸러의 꼭대기로부터 눈처럼 점점이 쏟아져 내리는 장면은 현실인지 상상인지 분간하기 어렵다.

다채로운 사진의 물결은 책의 중반부에서 멈춘다. 그리고 검은 배경에 적힌 '2011년 3월 11일 오후 2시 46분'이라는 글자가 비극의 시작을 알린다. 후타바 장미원은 후쿠시마에 있었다. 지진과 쓰나미, 그리고 원자력발전소의 붕괴로 그의 장미원은 독성이 가득한 불모지가 되었다. 책의 제목처럼 그는 장미 정원과 함께 50년의 생을 잃어버렸다. 그는 전부를 잃은 거나 마찬가지였다. 하지만 대재앙은 장미를 사랑했던 사람들의 마음마저 휩쓸지는 못했다. 후타바 장미원에서 장미를 촬영했던 사진가들은 장미 사진전을 열어 오카다 가츠히데의 고통을 이해할 수 있는 창문을 내 주었다. 그 사진전에는 오카다 가츠히데가 직접 촬영한, 지진 이후의 장미원 사진도 포함되었다. 정원에는 잡초가 가득하고 아치 위 장미 가지들은 제멋대로 뻗쳐 있다. 근접 촬영한 장미 잎사귀는 흑점병으로 거뭇거뭇하다. 받침대에서 쓰러져 나뒹구는 잿빛 조각상들은 이 장미원이 더는 예전의 모습을 회복할 수 없다는 사실을 말없이 증언하는 것처럼 보인다. 그 사진들은 정원의 장미는 자연 상태의 식물과 달리 돌보는 사람의 손길이 있어야만 장미다울 수 있다는 사실을 입증하고 있다.

아파트 후문과 정문에 방치된 장미를 아침저녁으로 보아서였을까, 후타바 장미원의 사진이 심란한 마음에 불을 붙였다. 사진 말고 실물을 보고 싶다! 아름답게 가꾼 장미, 몸을 굽혀 향기를 맡으면 황홀해지는 장미 사이를 거닐고 싶었다. 10월 중순에 헛된 바람을 품어서인지 바람이 제대로 들어버렸다. 헛바람인 줄 알면서도 검색을 했다. 지성이면 감천이라더니, 10월 말까지 중랑장미공원에서 가을 장미를 볼 수 있다는 기사가 나왔다.

　학교로 출근한 금요일, 여섯 시간 동안 몰아치듯 수업을 했더니 몸도 정신도 축 늘어졌다. 하지만 장미공원에 들를 생각을 하니 마스크를 뚫고 콧노래가 나오려고 했다. 오늘부터 서울시의 25개 자치구 중에 내 마음 속 1등은 무조건 중랑구다! 중랑구인지 중량구인지도 헷갈렸던 지난날을 반성하고, (알고 보니 중랑구에서 태어난 지인에게) 중랑구는 이렇다 할 특징이 없지 않느냐는 망언을 했던 과거를 다시 한 번 참회하고, 중랑장미공원으로 향했다.

　퇴근해서 집으로 직행하는 똑같은 길에서 벗어났다는 사실만으로 살짝 설레던 차, 한두 방울씩 비가 내리기 시작했다. 어둑어둑한데 우산을 받쳐 들고 혼자 장미를 구경하러 낯선 공원에 간다니, 좀 청승맞나? 중랑역에 내려 105번 버스로 갈아탔다. 버스는 만석이었다. 설레다 못해 신이 난 나

서늘한 시월의 가을밤,
중랑장미공원을 걸으면 진한 장미향에 취한다.

와 달리 승객들의 얼굴은 무표정했고 뒤통수는 심드렁했다. 나 혼자만 기쁨을 누리기가 미안했다. 버스나 지하철에서 목소리를 높여 포교 활동을 하거나 물건을 파는 이들의 용기를 조금 빌리고 싶었다.

'시민 여러분, 안녕하세요. 저는 종로구 주민인데요, 퇴근길에 중랑구의 자랑인 중랑장미공원을 구경하려고 이 버스를 탔어요. 중랑장미공원의 장미는 사계장미라서 생육할 수 있는 온도가 유지되면 계속 꽃을 피워요. 여름에 장미가 지고 난 뒤에 꽃대를 자르면 약 60일 뒤에 다시 꽃이 피는 거죠. 시민들이 가을에도 한 번 더 장미를 감상할 수 있도록 지난 8월에 장미를 전정했다고 해요. 가을에도 만발한 장미를 볼 수 있다니, 정말 신기하죠? 오늘이 금요일인데, 혹시 이번 주가 특별히 힘들었던 분들, 좋은 일이라고는 도무지 기억이 안 나는 분들은 지금 저와 같이 장미공원으로 가 보실래요?'

105번 버스를 중랑구의 희망버스로 만들 수 있었는데, 차마 용기에 불을 붙이지 못했다. 오늘은 홀로 조용히 장미를 만끽하고 전도는 나중에 하자. 버스에서 내려 지도 앱의 안내를 따라 십 분쯤 걸었을까, 전봇대에 붙은 이정표의 작은 글씨가 반짝거렸다. 빛나는 LED 표지판이 안내하는 '서울장미길' 앞에 도착했다.

장미공원 입구에는 공원에 깃든 사연을 밝힌 '중랑장미공원 이야기'가 세워져 있었다. 호수에 비친 자기 얼굴에 매혹되어 셀카 놀이를 하던 나르키소스가 결국 물에 빠져 죽어 수선화가 되었다는 신화부터 입에 밥알 하나를 몰래 넣었다가 시어머니에게 맞아 죽은 며느리가 며느리밥풀 꽃으로 피어났다는 전설까지, 꽃에 얽힌 전설은 대부분 슬픈 사연 일색이다. 설마 중랑장미공원에도 슬픈 사연이 있으려나?

"1990년대 후반 외환위기로 실직한 사람들을 구제하기 위해 정부에서 공공근로사업을 시작할 때, 중랑구는 이 사업으로 중랑천 제방에 장미를 심기 시작했다." 이런, 중랑장미공원이 호랑이보다 곶감보다 더 무서운 IMF의 전설이 깃든 장소였다니. 하루아침에 일자리를 잃고 가게와 공장과 회사에서 내몰린 사람들이 이곳 중랑천 제방에서 장미를 심고 가꾸며 가족을 먹여 살렸다는 사실에 순간 숙연해졌다.

공원에 발을 들여놓자 다른 세상이 펼쳐졌다. 묵동천과 수림대에는 마치 제철인 듯 장미가 만발했다. 마스크를 끼지 않았으면 장미향에 담뿍 취했을 텐데, 만개한 색색의 장미 사이를 거닐면서 향기를 맡을 수가 없다는 사실이 못내 아쉬워서 걸음을 멈추고 장미 한 송이에 코를 갖다 댔다. 금요일 밤에 어울리는 깊고 강렬한 향이었다.

우리 아파트 단지의 장미도 장미다움을 회복할 수 있을까? 늦가을 문턱, 아파트 후문의 장미 가지들이 싹 사라졌다. 담벼락 위에서 멋대로 춤추던 가지들은 입대라도 하는 듯 짧게 잘렸고 향나무 위까지 치솟았던 가지도 보이지 않았다. 이 아파트 단지에 사는 7년 동안 한 번도 장미 줄기를 다듬는 것을 본 적이 없었는데 어떻게 된 일인지 어리둥절했다. 갑작스러운 전정에 얽힌 사연은 알 수 없었지만, 장미가 돌봄을 받고 있다는 사실만으로 안심이 되었다. 지금은 초라해 보여도 내년 오월에는 가지마다 꽃송이가 조화롭게 필 것이다. 시간이 없어서, 마음에 여유가 없어서, 남들처럼 꽃구경을 떠나지 못하는 사람들의 마음에 작은 사랑을 선물하는, 장미다운 장미로 돌아오겠지. 장미는 우리가 필요하고, 우리는 장미가 필요하다.

도시의
게릴라 농부들

———————————— 난데없는 호박 목격담

쓰레기를 버리러 집 밖으로 나갔다. 한낮이고, 땡볕이었다. 아파트 공동 현관에서 쓰레기장까지는 스무 걸음 남짓이지만 그 짧은 거리를 움직이는데도 땀이 흘렀다. 레이저 같은 7월의 햇살을 맞으면 피부가 뜨끔뜨끔하다. 쓰레기봉투를 내려놓고 돌아서는데 쓰레기장 옆 화단의 거대한 잎사귀가 눈에 들어왔다. 내 손바닥 두 개를 합친 크기의 이파리가 이십여 장이나 되었다. 얘가 언제부터 여기 있었지? 발 없는 식물이 어느 날 갑자기 '짜잔' 하고 나타날 수가 없다. 그걸 모르지 않는데도 한동안 눈앞의 낯선 장면을 이해하기 어려웠다. 시간을 거꾸로 돌렸다. 내가 마지막으로 쓰레기를 버리러 나온 게 언제였더라?

길어 봤자 열흘 남짓일 텐데, 그때까지 화단에는 맥문

동과 회양목, 은행나무가 자리를 지키고 있었다. 화단의 낯선 침입자는 본격적인 무더위가 시작될 무렵, 내가 에어컨 바람을 맞으며 방바닥에 축 늘어져 있는 동안 하루도 허투루 쓰지 않고 침착하게 세를 확장했다. 대단한 식물이다 싶었다. 사실, 더 대단한 건 따로 있었다. 도대체 아파트 화단에 호박을 심은 사람은 누구란 말인가?

햇빛이 부족한 집안에서 시들시들해진 화분을 아파트 공동현관 옆에 내놓는 주민들이 가끔 있다. 하지만 조경수가 심긴 아파트 화단을 개인 텃밭처럼 이용한 건 처음 봐서 상당히 당황스러웠다. 우연히 호박씨가 떨어져 자랄 수 있지 않느냐고? 먹던 사과가 맛이 없어서 버려야겠는데 음식물 쓰레기봉투가 없어서 눈 딱 감고 아파트 화단에 휙 던질 수는 있어도(확률은 낮지만), 그렇게 던져진 과일의 씨가 자연 발아를 해서 싹이 날 수는 있어도(확률은 더욱더 낮지만), 생호박을 한입 베어 물었다가 퉤 하고 화단에 뱉을 일은, 부부싸움을 하다가 홧김에 호박을 베란다 창문 너머로 던질 일은…. 아파트 화단에서 호박이 자연 발아를 할 확률은 0에 가깝다. 화단에 개인 농작물을 심다니, 말 그대로 뒷구멍으로 호박씨를 깠단 말이다. 비리와 불법과 범죄의 현장이다!

그러거나 말거나 정작 호박은 시큰둥하다. 인간 사이에 싹튼 문제는 인간의 몫일 뿐, 텃밭이든 화단이든 일단 발아해 뿌리를 내렸으면 그만이다. 텃밭이라면 지지대를 설치하고 호박 넝쿨을 유인하는 그물망이나 줄을 쳐 주었을 텐데, 이 호박의 주인은 당당하게 농사를 지을 수 없는 처지라서 씨만 심고 튀었다. 아니다. 자세히 보니 호박 주인은 다 계획이 있었다. 호박의 덩굴손은 이미 은행나무 줄기를 한 바퀴 감고 도는 중이었다. 완전 범죄다!

더위에 맥을 못 추던 궁금증이 되살아나기 시작했다. 어떤 호박일까? 애호박일까, 단호박일까? 설마 늙은 호박은 아니겠지? 그날부터 나는 호박의 주인 다음으로 호박을 열심히 들여다보는 사람이 되었다. 호박이 큼지막한 잎을 더 달고 주황빛 꽃봉오리를 내놓는 과정을 지켜보며 점점 호박을 응원하는 입장으로 바뀌었다.

'호박을 베란다에서 키운다고 생각해 봐. 아무리 정성껏 가꾼다고 해도 바깥에서 키우는 거랑 비교할 수 있겠어? 덩굴손을 좀 뻗는다고 생태계 교란하는 가시박처럼 은행나무를 휘감진 않겠지. 화단을 영영 무단 점유할 것도 아니고, 한 철 꽃피고 열매 맺으면 끝이잖아. 호박아, 이왕 이렇게 된

바에야 무럭무럭 자라라!'

우리 단지에 거주하는 427세대 천여 명의 입주민 중에서 화단에 호박을 심은 사람은 단 한 명이었다. 즉 그리 자주 일어날 일은 아니다. 그런데 이렇게 의외의 장소에 호박을 심는 사람이 멀지 않은 곳에 또 있었다. 심지어 문제의 장소는 준법정신이 서슬푸르게 살아 있는 곳이었다.

우리 아파트에서 걸어서 5분 거리에 파출소가 있다. 아파트 화단에서 호박을 발견한 즈음에 그 파출소 앞을 지나가다가 생뚱맞은 장면을 목격했다. 파출소 입구 양쪽에 야트막한 화단이 있고 거기에 보초병처럼 주목 두 그루가 미동도 없이 서 있는데, 그 아래 가로세로 1미터가 될까 말까 한 땅에 고추 모종이 심겨 있었다. 고추만 심기에는 성에 안 찼는지 호박도 곁들여 심어 놓았다. 경찰관이 아니고서야 누가 감히 파출소 입구 화단에 고추와 호박을 심을 수 있단 말인가!

호박 넝쿨은 크리스마스 전구처럼 주목을 휘감고 돌며 가지 끝까지 올라와 있었다. 넝쿨에 달린 커다란 호박 잎사귀는 이미 무성해 주목의 가지가 잘 보이지 않을 정도였다. 잎사귀 사이로 살짝 보이는 둥글고 긴 호박은 어른 주먹만 했다. 단골 카페에 가려면 그 앞을 지나가야 했기에 이삼일에 한 번은 종종걸음을 치면서 곁눈질로 호박이 얼마나 커졌는지를 슬쩍 가늠하곤 했다. 파출소 앞에서 얼쩡거리면 자수를 고민하는 사람처럼 보일지도 모르니까 최대한 빠르게 지나가면서 호박을 자세히 보려고 노력했다. 아무튼 그 호박은 '민중의 지팡이'의 보호를 받는, 동네에서 최고로 안전한 호박이었다.

하지만 이 호박들은 마지막으로 목격한 것에 비하면 아무것도 아니었다. 코로나19 백신 접종을 위해 구민회관을 찾아가던 길이었다. 초행길이라 스마트폰 길찾기 앱을 들여다보랴 주변을 둘러보랴 부지런을 떨면서 걸음을 뗐다. 목적지에 거의 다 도착한 것 같은데 공사 중인 건물에 가려서 구민회관이 보이지 않았다. 건물로 둘러싸인 좁은 골목길 사이에서 '구민회관은 도대체 어디 있는 거지?' 하고 목을 쭉 뺀 순간, 머리 위 굵은 진깃줄 위에 전등처럼 매달린 둥그런 물체가 눈에 들어왔다.

설마, 호박일까? 자세히 보니 박이었다. 지상에서 족히 3미터가 넘는 높이에 복수박 만한 박이 대롱대롱 매달렸는데 심지어 초록색 망에 들어있기까지 했다(망을 어떻게 씌웠는지도 미스터리다. 사다리를 타고 올라가서?). 박이 매달린 높

저기까지 올라간 박도 대단하지만
망을 씌운 사람이 더 대단하다.

이도 대단했지만 넝쿨의 길이는 더 경이로웠다. 박 넝쿨이 감긴 전깃줄을 눈으로 훑어 내려갔다. 야트막한 축대 위에 지은 주택의 화분에서 뿌리를 내린 박은 주인이 설치한 줄을 타고 올라가다가 한전에서 설치한 전깃줄로 갈아탔다. 박 넝쿨은 아무리 적게 잡아도 5미터는 되어 보였다. 내 눈으로 보면서도 박 넝쿨이 내 키보다 몇 배로 길다는 사실을 믿기 어려웠다. 하루에 1미터씩도 자란다는 호박은 오죽하면 밭의 깡패라고 불리는데 박의 생장 속도도 그에 못지않게 대단해 보였다.

여름철 마트에서 990원이면 사는 호박을 직접 키우겠다고 애쓰는 이들의 마음에는 직접 키운 농작물을 따 먹는 즐거움이 들어 있을 거다. 그러나 이 즐거움은 식물 입장에서는 좀 엽기적으로 느껴질 것 같다. 여린 싹을 틔워 내는 식물의 생장을 응원하고, 물과 거름을 주면서 돌보다가, 애정이 절정에 달하는 순간, 식물이 어렵사리 맺은 결실을 향해 송곳니를 드러내는 격이니까. '아니, 결국 날 키워서 잡아먹으려고 사랑했던 거야? 그게 무슨 사랑이야!' 호박을 비롯해 오이, 가지, 토마토 같은 채소들은 기가 막힐 노릇이다. '난 네가 잘 자라는 것을 옆에서 지켜보는 것만으로 기쁘다', '넌 존재 자체만으로 귀하다' 같은 말들은 관상식물에만 해당한다. 대부분 한해살이인 채소들의 운명은 정해져 있다. 키우는 재미로 시작해 먹는 즐거움으로 끝난다. 하지만 채소들은 불평하지 않고 자신을 내어 준다. 옛다, 날 잡아 잡수.

호박은 칼로리는 적은데 비타민은 많고 마그네슘까지 듬뿍 들었다. 어느 날 갑자기 내 의지와 상관없이 눈 밑이 바르르 떨린다면 호박이 답이다. 심지어 호박은 열매뿐 아니라 잎과 순까지 다 먹을 수 있는 채소다. '호박이 넝쿨째 굴러 들어왔다'는 속담은 행복 종합 선물 세트를 받았다는 뜻이다. 호박잎을 쪄서 된장 살짝 발라 보리밥을 싸 먹으면 얼마나 맛있는지. 호박이야 더 말할 나위가 없다. 볶아 먹고, 전 부쳐 먹고, 찌개에 넣어 먹고, 그러다가 지겨우면 썰어서 말린 뒤에 불려서 식감을 살려 또 볶아 먹고, 심지어 꽃도 먹을 수 있다는 사실! 호박꽃은 데쳐 먹을 수도 있고 튀겨 먹을 수도 있단다. 이런 경지라면 넝쿨째 한 몸 던지는 호박을 헌신적 사랑의 상징으로 올려도 되겠다. 잠깐 예쁘고 향기롭다가 일주일도 못 가는 장미꽃 백 송이 대신에 호박 넝쿨을 한 아름 묵직하게 안기며 프러포즈를 하는 거다.

물론 이 이벤트는 호박꽃은 못생김의 대명사라는 선

입견 때문에 오해를 불러일으킬 수 있다. 호박꽃은 단순하고 크고 억세다. 꽃 하면 떠올리는 가녀린 이미지가 거의 없다. 동심에 주먹질을 하는 동요 〈호박꽃〉의 가사를 보자. "오늘 아침 버스에서 만난 그 애 / 날 보고 호박꽃이래 / 주먹코에 딸기코에 못생긴 얼굴 / 넌 뭐가 잘났니 흥 / 호박꽃도 꽃이라고 날 보고 놀리는데 / 난 정말 참을 수 없어 / 멸치도 생선인데 야야야야" 아침에 버스에서 서로를 향해 혐오적인 말을 하면서 상쾌한 하루를 시작하던 시절이라니, 정말 참을 수가 없다. 그나마 이 노래를 기억하는 사람들은 이미 어르신으로 분류되고 있으니 다행이다. 우리 집 열 살 막내는 이 노래를 모를 뿐더러, 함부로 남의 외모를 품평하면 실례라는 사실을 잘 알고 있다.

하지만 호박꽃은 못생김이 아니라 건강함이다. 호박은 겉으로 보기에만 씩씩한 식물이 아니고 비교적 병충해에 강해 약을 치지 않아도 잘 자란다고 한다. '그대의 몸과 마음은 호박꽃처럼 씩씩합니다. 나는 그대의 건강한 아름다움에 흠뻑 빠졌습니다' 같은 고백은 나름대로 괜찮은데….

그렇다면 나도 베란다에서 이 훌륭한 호박을 키워볼까 하는 심산에 유튜브 검색창에 '베란다에서'라고 적었더니 자동으로 '상추 키우기', '고추 키우기', '토마토 키우기'에 이어 '호박 키우기'가 뜬다! 이웃에게 얻어온 수꽃으로 인공 수분을 시키고, 옥구슬처럼 영롱하게 맺힌 호박을 알차게 키워 나중에는 빨래 건조대 위에서 늙은 호박으로 숙성까지 시키는 영상을 보고 말았다.

내년 봄에는 다음날 지구가 멸망하더라도 한 그루의 사과나무를 심는 대신에 호박 씨앗을 발아시켜야겠다. 볶고 찌고 튀기는 온갖 공격에 만신창이가 되어 집으로 기어들어 왔을 때, 베란다에서 영그는 호박을 보면 기운이 날 것 같다. 단단한 단호박이면 더 좋겠다. "인간아, 내 잎과 꽃과 열매를 모두 넉넉히 내어줄 테니 어떻게든 귀가해!" 호박의 응원을 차곡차곡 쌓으면서 무더위를 이길 수 있으리라.

더위가 한풀 꺾여 이제 야외에서 뜨거운 커피를 마실 수 있을 정도가 되었다. 코로나19 백신 접종을 잘 마친 기념으로 단골 카페에 가는 길에 파출소 호박을 보려고 걸음을 멈췄다. 평소 같으면 몇 초간 호박을 응시하고 가던 길을 갔을 텐데, 손톱만 한 노란 꽃에 붙들렸다. 무슨 호박꽃이 이렇게 작고 귀엽지? 새로운 품종인가? 이 싸한 기분은 입추를 지난 바람 탓인가? 주변에 화장실이 없어서 당황한 아이를 데리고 파출소에 들어가 본 적은 있지만, 호박의 정체를 파악하기 위해 파출소에 들어가기는 좀 그런데…. 고개를 갸우뚱하고 있는데 때마침 파출소 문이 열리고 머리가 희끗희끗한 경찰관이 나오셨다.

"저어, 혹시 이거 호박 맞죠?"

나는 파출소 입구 오른쪽 나무를 휘감은 덩굴에 매달린 럭비공 모양의 초록색 열매를 가리키며 물었다. 경찰관님은 친절하게 미소를 지으며 답하셨다.

"참외입니다."

참말로 이것이, 참외네, 참외야. 경찰관님이 서 있는 방향에서 다시 보니 노랗게 물든 열매가 자신이 참외임을 입증하고 있었다.

"그럼 저쪽에 있는 건요?"

나는 파출소 왼쪽 주목을 완전히 감싸고 있는 덩굴을 가리키며 물었다.

"그건 오이예요."

오해도 정도껏 했어야지, 어이가 없었다. 커다란 잎을 들춰보니 한 뼘이 될락 말락 한 오이가 매달려 있는 게 아닌가. 허허, 좌오이, 우참외라니. 오이와 참외도 덩굴손과 커다란 초록색 잎사귀를 뽐내는 박과 식물인 줄 몰랐다. 경찰관님은 지나가던 시민의 질문에 신이 나셨는지, 옥상에도 여러 채소를 심어 놓았다며 키우는 족족 아주 잘 먹고 있다고 덧붙이셨다.

　　잎사귀만으로는 호박과 참외와 오이를 구분하지 못하는 초보 식물 애호가는 경찰관님에게 인사를 하는 둥 마는 둥 내빼듯 걸음을 옮겼다. 실컷 늘어놓은 파출소 호박 타령이 참외로 마무리될 줄이야. 다음에 예기치 못한 곳에서 덩굴손과 큰 잎을 만나면 돋보기안경을 장착하고 다가가기로 하고, 오늘은 이쯤에서 신속하고 조용하게 퇴장하자.

참나무에게
독립을 배우다

저녁을 먹고 텔레비전 앞에서 뒹굴뒹굴하다가 열 살 막내와 EBS의 〈극한직업〉을 보았다. 험한 숲길을 오르며 능이, 표고, 노루궁뎅이 버섯 등을 채취하는 사람들이 나왔다. 그중에는 30년간 버섯과 약초를 채취한 베테랑도 있었다.

"저 아저씨는 어렸을 때부터 버섯을 땄나 봐."

혼잣말처럼 중얼거렸더니 옆에서 막내가 사뭇 진지하세 말했다.

"나도 버섯 딸래."

막내의 말은 일일 체험 학습으로 버섯을 따 보고 싶다는 뜻이 아니었다. 텔레비전의 아저씨들처럼 전문적인 버섯 채취의 달인이 되겠단다. 버, 버섯을 따겠다고? 연예인이나 유튜버를 하겠다는 말은 들어봤어도 버섯이라니?

"저거 안 쉬워. 버섯 따려면 높은 산에 올라가야 하잖아. 넌 걸어서 10분 걸리는 학교도 멀다고 투덜대는데 어떻게 산에 올라가서 버섯을 딴다고 그래? 산을 다 뒤진다고 버섯이 꼭 나오는 것도 아니고…."

내 말을 자르고 막내가 입을 뗐다. 작은 가슴에서 우러나오는, 진심 어린 이유가 있었다.

"버섯 따면 영어 숙제 안 해도 되잖아."

급작스럽게 인생 목표를 버섯에 건 이유가 영어 숙제 때문이라니. 하긴, 이제 겨우 내 나라 글을 읽고 쓰게 되었는데 쉴 틈도 주지 않고 남의 나라 글을 익히려니 힘들겠지. 영어 공부와 버섯 채취 중에 뭐가 더 힘든지 비교하려면 둘 다 해 봤어야 하는데, 버섯은 마트에서 사 먹기만 했으니 섣불리 무어라 말할 수가 없었다. 게다가 학교를 다니며 영어를 십 년 넘게 공부했어도 남의 나라말이 내 나라말처럼 느껴진 적은 한 번도 없었으니, 나도 모르게 버섯 채취 쪽으로 마음이 기울었다. 온종일 산속을 헤매다가 사람 얼굴보다 더 큰 노루궁뎅이 버섯을 발견했을 때의 뿌듯함은 얼마나 클까!

영어 공부를 하든 버섯을 따든, 커서는 뭐든 해야 한다는 걸 막내는 알고 있다. 사람은 일정한 시기가 되면 부모에게서 떨어져 독립해야 한다, 무슨 일을 하든 돈을 벌어서 제한 몸 챙길 수 있어야 진정한 독립이다, 안락한 부모의 울타리를 벗어날 마음이 생기지 않을 수도 있으니까 엄마는 때가 되면 너희를 다 쫓아내겠다고 기회가 될 때마다 아이들에게 말한다. 내 딴에는 참소리인데 자식들 귀에는 잔소리로 들리나 보다. 이런 이야기는 고양이가 부럽다는 말로 끝날 때가 많다. 우리 집에서 독립하지 않아도 되는 존재는 일 안 하고 돈 못 벌어도 예쁘기만 한 고양이뿐이니까.

부모에게 기대지 않고 자신의 힘과 의지로 삶을 꾸린다는 건 생각만 해도 멋진 일이다. 하지만 두려운 일이기도 하다. 내가 20대 중반에 집에서 처음 독립했을 때는 어땠더라? 불안하고 무섭기도 했지만 설렘과 흥분이 더 컸다. 서울에서 나고 자라 공부하는 동안 서울 밖으로 나가본 적이 거의 없었다. 대학원을 마친 뒤 낯선 도시의 학교에 취직하고 원룸을 구했다. 드디어 하고 싶은 일을 할 기회가 주어졌다는 기쁨이 자잘한 걱정을 몰아냈다. 월급이 적었지만 계속 똑같은 액수를 받지는 않을 거라고 낙관했고, 아는 사람이 한 명도 없었지만 이 도시에도 좋은 사람들이 있을 테니 의미 있는 관계가 생기리라 믿었다. 집에서 독립해 스스로 앞

가림을 하는 사람이 되었다는 인식이 자존감을 팍팍 높여
주었다.

첫 직장 생활이라 일을 잘하고 싶은 마음만 가득했다.
월요일부터 토요일까지 학교로 출근하는 일상이 즐거웠고
퇴근 후에는 푹 쉬고 일찍 잠자리에 들었다. 이유는 단 하나,
다음 날 좋은 컨디션으로 출근하기 위해서였다. 막 개교해
학생을 받기 시작한 대안 학교는 아직 도서실이 없었다. 작
지만 알찬 도서실을 만들고 싶어서 여러 추천 도서 목록을
참고했다. 십진분류에 따라 고르게 장서를 갖추려니 내가 잘
알지 못하는 자연과학 분야에서도 책을 골라야 했다. 지금은
식물 애호가라고 스스럼없이 자칭하지만 당시에는 식물에
아무 관심이 없었다. 도서실 장서를 구입하는 일을 맡지 않
았다면 아마 《신갈나무 투쟁기》와의 만남은 훨씬 더 늦어졌
을 것이다.

《신갈나무 투쟁기》는 우리나라 숲의 대표 수종인 신
갈나무에 관한 책이다. 신갈나무의 탄생, 성장, 죽음의 전 생
애를 중심축으로 삼아 과학적인 정보를 제공할 뿐만 아니
라 나무와 인간의 생애를 연결한 인문학적 통찰을 보여준다.
20년 전에 이 책을 처음 손에 쥐었을 때는 신갈나무가 어떤

나무인지 몰랐다. 그때까지 내가 아는 나무는 한국인에게 친숙한 소나무를 포함해 십여 종을 넘지 않았다. 신갈나무를 비롯해 굴참나무, 상수리나무, 졸참나무, 갈참나무, 떡갈나무는 모두 도토리 열매를 맺는 나무들이고 이들을 참나무로 총칭한다는 사실도 알 턱이 없었다. 책장을 넘기자 도토리에서 발아한 작은 싹에서 낯선 신갈나무의 세계가 본격적으로 열렸다.

책의 자세한 내용은 대부분 잊어버렸지만 확실하게 기억나는 대목이 한 구절 있다. 도토리는 엄마 나무에서 최대한 멀리 떨어져 싹을 틔울수록 좋다는 것이다. 겨우 뿌리를 내리고 잎을 냈는데 엄마 나무의 큰 그늘에 가려 햇빛을 제대로 받지 못한다면 아기 나무는 제대로 성장할 수 없기 때문이다. 도토리 속에는 숲을 지키는 커다란 나무로 성장하기 위해 필요한 모든 것이 들어 있기에 엄마 나무의 영향을 받지 않을 곳에서 싹을 틔워야 한다는 저자의 말은 무척 신선하게 다가왔다.

신갈나무는 엄마에게서 400킬로미터 떨어진 곳에서 첫발을 내딛기 시작한 스물여덟의 나에게 이정표가 되어 주었다. 그 방향이 맞으니 계속 가라는 신호를 주었다. 독립한

해에 결혼도 했다. 결혼은 독립보다 더 큰 용기가 필요했다. 사랑하는 두 사람이 결혼해서 행복하게 잘 살았다는 동화에 속을 나이는 아니었다. 결혼 이후 삶은 더욱 예측 불가능한 방향으로 전개될 거라는 사실을 모르지 않았다. 하지만 이왕 시작한 걸음이니 가는 데까지 가보자는 결기가 있었다.

20년 전에 결혼한 남자와 지금도 살고 있고 아이도 셋이나 낳았다. 이 정도면 부모에게서 충분히 독립했다고 생각했는데 아니었다. 엄마에게서 정신적으로 독립한 건 불과 몇년 전이다. 엄마는 나의 정신적 지주였다. 엄마는 이름으로만 존재하는 남편의 도움 없이 자식 셋을 키웠다. 그만큼 삶에 여유라고는 없었다. 어린 시절 우리 가족은 주말에 외식을 하거나 휴가철에 여행을 간 적이 거의 없다. 우리 식구끼리 세 끼 밥 먹고 살기에 빠듯한 형편이었는데도 엄마는 도움이 필요한 사람들을 외면하지 않았다. 엄마의 식당은 예약제로 운영하는 한식당이었지만 가장 극진한 대접을 받은 손님은 돈을 낼 수 없는 이들이었다. 엄마는 현업에서 은퇴하고 일정한 수입이 없는 상태가 된 뒤에도 지인들이 아프다는 소식을 들으면 노량진 수산시장의 오랜 단골 가게를 다녀오곤 했다. 전복죽이 담긴 큰 보온병을 들고 현관을 나서는 엄마의 뒷모습에는 내가 감히 넘볼 수 없는 아우라가 맴돌았다.

하지만 엄마가 훌륭한 사람이라고 해서 내 영역을 침범해도 되는 건 아니었다. 마흔이 되어서야 나는 엄마에게 엄마의 취향, 생각, 마음과 조금 다른 나의 취향, 생각, 마음이 있으니 나에게서 한 걸음 떨어져 달라고 말했다. 남들은 십대에 처음 꺼내는 말이고, 사실 별로 어려운 말도 아닌데 중년이 되었어도 입이 잘 안 떨어졌다. 나는 오래오래 착한 딸이 되고 싶었나 보다. 20년 만에 다시 《신갈나무 투쟁기》를 읽은 날, 엄마라는 큰 나무에서 멀리 떨어질 책임은 아기 도토리에 있다는 신갈나무의 말에 새삼 고개를 끄덕였다.

책으로 익힌 나무를 실제로 알아본 것도 최근이다. 도심에서는 신갈나무를 비롯한 참나무 여섯 형제를 보기 어렵다. 참나무는 주택 마당이나 아파트 화단, 빌딩 숲 사이에 가로수로 심는 나무가 아니다. 참나무는 숲의 나무이기 때문이다. 남양주의 학교로 출근하면서 본격적으로 참나무를 만날 수 있었다. 학교 뒷산 오솔길은 가을이면 도토리 천지였다. 집 근처에서는 볼 수 없는 키 큰 나무들이 가을이면 도토리를 비처럼 뿌렸다. 점심시간에 산책을 하면서 도토리를 줍다가 도토리를 떨군 나무의 잎사귀에 시선이 갔다. 잎이 좁고 길면서 잎의 가장자리에 자잘한 톱니가 있었다. 도토리나무의 잎사귀를 자세히 본 건 처음이었는데 의외로 낯설지가 않았다. 설마, 난 전생에 다람쥐였던 건가?

궁금증은 며칠 뒤 집 근처 단골 카페에 들렀을 때 풀렸다. 주문한 커피를 받아 들고 보니 〈이웃집 토토로〉의 주인공 토토로가 그려진 노리다케 커피잔이었다. 전에도 이 잔으로 커피를 몇 번 마셨는데, 그때는 나뭇가지에 거꾸로 매달린 토토로만 보였고 지금은 전에 보이지 않던 도토리와 잎사귀가 눈에 들어왔다. 학교 뒷산에서 본 것과 똑같은 모양의 도토리와 잎사귀였다. 토토로가 인정한 공식 도토리 나뭇잎은 이 모양이구나 했더니만, 며칠 뒤에 발견한 도토리에는 상추처럼 넓적하면서 둘레가 주름진 잎이 붙어 있었다. 잎모양이 전혀 다르니 같은 나무일 리가 없었다. 내 손에 들어온 도토리는 참나무 여섯 형제 중 어느 나무의 도토리인지 슬슬 궁금해지기 시작했다.

그렇게 해서 나는 황경택의 《숲 읽어주는 남자》를 비롯해 참나무들의 특징을 비교해 설명한 책들을 찾아보고 실물을 대조하기에 이르렀다. 잎이 좁고 길면서 잎 가장자리에

베토벤 머리 같은 깍정이 덕분에
나도 모르게 콧노래가 나온다.

톱니가 있는 나무는 굴참나무와 상수리나무다. 굴참나무는 나무껍질에 두꺼운 코르크가 발달해 있고 잎의 뒷면이 회백색이다. 반면에 신갈나무와 떡갈나무는 앞의 두 나무에 비해 잎자루가 짧고 잎이 넓다. 도감을 보면 떡갈나무 잎이 신갈나무 잎보다 조금 더 크고 잎 가장자리의 물결무늬도 더 부드러운 느낌인데 실제로는 구분이 어렵다. 하지만 도토리가 달려 있으면 구분할 수 있다. 떡갈나무의 도토리는 이글이글 타오르는 불꽃이 순간 정지한 것처럼 생긴 깍정이가 열매를 감싼다. 졸참나무 도토리는 통통하지 않고 홀쭉한 모양이다. 한편 갈참나무 잎은 신갈나무나 떡갈나무처럼 넓지만 두 나무의 잎사귀에는 없는 긴 잎자루가 달려 있고 잎의 뒷면이 회백색이라는 점이 다르다. 이런 특징을 종합해 볼 때 학교 뒷산에서 도토리를 떨구던 나무는 상수리나무와 신갈나무일 것이라고 결론을 냈다.

하지만 어떤 참나무를 만나도 이름을 제대로 불러줄 수 있겠다는 자신감은 없다. 참나무속의 나무들은 이종교배가 흔하게 일어나는 특징이 있다는 사실을 안 뒤로는 겸손해질 수밖에 없었다. 내가 신갈나무라고 생각한 나무는 물참나무(신갈나무와 졸참나무의 잡종)나 봉동참나무(신갈나무와 갈참나무의 잡종), 혹은 떡신갈나무(신갈나무와 떡갈나무의 잡종)일지도 모른다니, 뇌에 과부하가 걸렸다. 참나무 여섯 형제는 알고 보면 열여섯 형제일 수도 있었다. 우리나라 숲에서 참나무가 우위를 차지한 비결에는 이런 왕성한 번식 능력도 한몫했으리라.

추석 명절 연휴 마지막 날에 갈참나무를 보러 종묘에 들렀다. 참나무에 대한 책을 읽다가 종묘에 참나무 군락이 있다는 사실을 알았다. 우리나라의 저명한 나무학자 박상진 교수는 《궁궐의 우리 나무》에서 종묘 참나무의 90퍼센트가 갈참나무라고 했는데, 그 말마따나 입구에 들어서자마자 수령이 100년 넘는 갈참나무를 마주할 수 있었다. 남양주의 학교 뒷산을 산책하며 눈에 익힌 참나무들과는 비교가 되지 않는, 크고 굵은 참나무들이 즐비했다. 한 아름이 넘는 참나무들이 도토리를 뿌리는 소리가 도로록 도로록 경쾌하게 들렸다. 안내하시는 분께 갈참나무가 어디에 있냐고 여쭈니 정전과 영녕전 주변을 감싸고 있는 나무들을 자세히 보라고 하셨다. 상쾌하게 부는 가을바람이 종묘 정전의 긴 지붕 뒤편의 나뭇가지들을 흔들었다. 순간 잎사귀들이 희게 반짝였다. 갈참나무 잎이었다.

종묘는 갈참나무들이 지킨다.

도토리 껍질을 뚫고 나온 싹이 한 그루의 나무로 자라 다시 도토리를 맺기까지 20년의 세월이 걸린다. 20년 전에는 부모에게서 어떻게 독립할지 고민하던 처지였지만 어느새 곧 자녀를 독립시켜야 하는 입장으로 바뀌었다. 집마다 양육 문화가 다르지만 자녀가 부모를 떠나 제 힘으로 살아가기 원하는 마음은 비슷할 것이다. 하지만 요즘 같은 세상에서 청년들이 자신의 힘만으로 앞길을 개척하기는 쉽지 않아 보인다. 대학을 졸업하면서 학자금 대출이라는 빚과 함께 사회생활을 시작하고, 안정적인 일자리나 주거 공간을 누릴 기회는 좀처럼 허락되지 않는 경우도 많다. 과연 이런 상황에서 나의 자식들은 독립을 할 수 있을까? 부모가 어디까지, 언제까지 도움을 주어야 할지 알 수가 없다. 혹 너무 오랜 기간 도움을 받는 데 익숙해져 자립하지 못하는 건 아닐지, 아직 닥치지 않은 일인데 벌써 걱정이 된다. 사실, 오래 도움을 줄 형편이 아니기 때문에 틈날 때마다 자식들에게 독립할 날이 다가오고 있다고 입버릇처럼 말하는 거겠지.

한여름, 아직 본격적으로 도토리가 쏟아질 때가 아닌데 학교 뒷산 오솔길 근처에 도토리가 붙은 신갈나무 잎사귀들이 여기저기 떨어져 있었다. 전날 바람이 심하게 불었나 싶었는데 범인은 따로 있었다. 단단한 도토리 표면에 깨알만한 구멍이 뚫려 있었다. 구멍을 낸 범인은 도토리거위벌레다. 몸길이 1센티미터가 될까 말까 한 이 작은 벌레는 도토리에 구멍을 내고 알을 낳는다. 그런데 도토리거위벌레는 알만 낳고 돌아서지 않는다. 도토리 표면에 구멍을 뚫었던 뾰족한 턱으로 도토리와 잎이 붙어 있는 가지를 잘라 버린다. 어미의 배려로 도토리거위벌레 유충은 도토리의 속을 파먹은 뒤 바로 땅속으로 들어가 쉽고 편안하게 월동을 할 수 있다. 이 정도면 부모로서 최선을 다했다고 말할 수 있으려나?

자식을 독립시키는 부모로서 과연 어디까지, 얼마나 애를 써야 할까? 20년 전, 낯선 도시에서 원룸을 얻을 때 엄마는 내게 보증금 천만 원을 빌려줄 여유가 없을 정도로 빠듯했다. 엄마의 가장 친한 친구가 엄마 대신에 보증금을 빌려주지 않았다면 독립은 꿈도 못 꿨을 것이다. 당시에 내가 받은 월급은 100만 원이 채 못 되었다. 그 돈에서 월세로 20만 원을 내고 남은 돈으로 생활해야 했기 때문에 마음에 드는 옷 한 벌을 살 여유도 없었다. 하지만 돈을 많이 벌기보다는 의미 있는 일을 하고 싶어서 내린 선택이었고, 나는 이런 선택에 만족할 수 있는 사람이라고 생각했다. 독립하면서 부모에게 더 많은 돈과 여유를 받은 친구들이 있었고 그 친구들이 누리는 삶이 전혀 부럽지 않았다면 거짓말이겠지만, 그때는 내 삶에 집중하느라 바빴다. 그러나 한 가지, 엄마의 노후는 끝까지 고민이 되었다. 능력은 없는데 효심만 가득하달까. 하지만 엄마는 내 걸음을 응원해 주었다. 자식에게 부담을 주지 않으려고 엄마는 최선을 다했고 지금도 계속 애쓰고 있다. 나도 엄마처럼 자녀가 새로운 걸음을 내딛기를 주저할 때, 뭐가 되었든 한번 시작해 보라고 말해주는 부모, 자녀의 선택을 지지하고 응원하는 부모가 되고 싶다.

막내에게 물었다.

"이번 주말에 엄마랑 숲에 가서 참나무 구경할까?"

묻는 말에 별 대답이 없다. 다시 물었더니 자기는 산에 가는 건 별로란다. "엄마의 생각은 내 생각과 다르며, 엄마의 취향은 내 취향과 다르"단다. 그럴 줄 알았다. 산에 가는 걸 안 좋아한다면서 어떻게 버섯 채취 달인이 되겠다는 거냐. 지금은 영어 숙제나 하고 때가 되면 엄마 곁을 경쾌하게 떠나렴. 그런데 열 살이나 되어서도 엄마 옆에서 자겠다니, 아직 그 '때'는 한참 남았나 보다.

"어른이 되어서도 넌 엄마랑 같이 살 거야?"

"글쎄, 그건 좀 그렇지?"

나는 막내에게 들리지 않도록 조용히 안도의 한숨을 쉬었다. 하지만 거기서 끝이 아니었다.

"근데 난 집이 없잖아."

"그러면 엄마 집에 같이 살게 해 줄 테니까, 네가 돈을 벌어오면 어때? 난 늙어서 돈을 못 벌 테니까."

"그것도 괜찮네."

아니, 괜찮지 않다. 늙은 내가 점점 완고해져서 네가 괴로워질지도 모를 일이다. 아이야, 가능한 데굴데굴 멀리멀리 굴러가렴.

감나무를 보면
반짝이고 싶어

추석은 선물 세트로부터 온다. 아파트 상가 1층의 마트 출입구에 선물 세트들이 줄을 맞춰 진열되면 추석이 가깝다는 증거다. 샴푸, 치약 같은 욕실 소모품이나 참치캔, 스팸 등의 통조림 세트는 주고받기에 부담이 없어 인기가 있다. 하지만 추석 분위기를 확실하게 내주는 선물은 따로 있다. 과일 선물 세트다. 요즘은 냉장 기술이 좋아서 1년 내내 사과를 먹을 수 있지만 이맘때 나오는 햇사과는 저장 사과와 비교 불가다. 과도로 깎기가 힘들 만큼 큰 배, 찬바람이 불면 본격적으로 맛이 드는 포도는 구경만 해도 마음이 새콤달콤해진다.

크고 먹음직스럽지는 않지만 이맘때 아파트 화단에서는 가을 열매 3종 세트가 익어 간다. 대추, 감, 밤이다. 이른 아침 분주한 걸음으로 학교와 직장으로 향하는 이들처럼 대추나무, 감나무, 밤나무도 정해진 때가 되면 성실하게 꽃을 피우고 열매를 맺는다. 이 나무들은 꽃이 피는 순간부터 완전히 익은 열매를 맺기까지의 전 과정을 주민들에게 보여 준다. 공개적이지만 모두가 볼 수는 없다. 동네 나무 보기를 가로등 보듯 하는, 식물에 별 관심 없는 이들에게는 보이지 않는다. 하지만 집 앞 식물들의 미세한 변화를 살피는 재미로 소일하는 식물 애호가에게는 소중하고 감사한 장면이다.

조선 후기 소설의 새 역사를 쓴 연암 박지원은 독특한 캐릭터들을 창작했는데, 그중에서 최고로 개성 있고 '쿨'한 인물은 허생이다. 〈허생전〉의 주인공 허생은 책만 읽는 백면서생으로 가정 경제에는 도무지 관심이 없다. 아내가 과거도 안 보면서 글공부만 한다고 타박을 하자 신속하게 집을 나가 버린다. 그러고는 바로 종로로 가서 지나가는 사람을 붙잡고 누가 서울에서 제일 부자인지 묻는다. 부자 변 씨와 마주 앉아 오만한 레이저 눈빛의 힘으로 만 냥을 신용 대출하더니 바로 안성으로 내려간다. 허생은 안성에서 과일을 사재기한다. 대추, 밤, 감, 배, 석류, 귤, 유자 등의 과일을 싹쓸이했다가 열 배로 되판다. 소설의 서술자는 허생이 과일을 몽

땅 쓸었기 때문에 온 나라가 잔치나 제사를 못 지낼 형편에 이르렀다고 설명한다.

이 대목에서 허생이 선점했던 과일이 눈길을 끈다. 일곱 가지 과일 중에서 먼저 언급된 대추, 밤, 감, 그리고 배는 제사상에 오른다는 공통점이 있다. 요즘은 제사상에 바나나도 올리고 파인애플도 올린다지만 조선 후기에는 이 네 가지 과일이 기본이었고 지금도 그 전통이 '조율이시', 또는 '조율시이'라는 이름으로 남았다. 많은 과일 중에서 '대추 조棗', '밤 율栗', '감 시柿', '배 이梨'를 올리는 이유가 무엇인지 궁금해서 자료를 찾아보니 유교적인 의미 부여가 대부분이었다. 자식 많이 낳고, 부모님의 은혜를 잊지 말고, 고통을 감내하고, 높은 관직에 오르라는 말씀에는 후손이 잘되기를 바라는 조상님의 아름다운 뜻이 깃들어 있다. 시대가 바뀌고 가치가 달라져 이 깊은 뜻에 전적으로 고개를 끄덕일 수는 없지만 윤기 나는 열매에 그 시절의 좋은 이야기를 엮고 싶었던 그분들의 마음은 이해가 된다. 이제 그 열매들에 깃든, 조금은 다른 이야기를 꺼내 볼까 한다.

채집은 즐거워: 대추

우리 아파트 단지는 담장을 따라 한 바퀴 도는 데 5분이 채 안 걸린다. 이렇게 작은데 대추나무가 여섯 그루나 심겼다. 내가 드나드는 1층 공동 현관문 오른쪽에도 대추나무가 있다. 다른 나무들 사이에서 대추나무를 단박에 알아보는 비결은 외할머니 댁 대추나무 덕분이다. 일곱 살부터 아홉 살이 될 때까지 외할머니 댁에 살았다. 서울 중구 신당동에 있던 외할머니 댁은 축대 위에 집을 올린 일본식 적산 가옥이었다. 지금은 신당동 패션 거리라는 이름에 걸맞게 원단을 실은 오토바이들이 부지런히 오가지만, 당시에는 조용하고 깨끗한 주택가였다. 해마다 그 골목이 왁자지껄해지는 날이 딱 하루 있었다. 대추를 따는 날이었다.

대추를 따는 게 별일인가? 나에게는 별일이었다. 막내 외삼촌이 나무줄기에 올라가 가지를 흔들면 빨간 대추가 후드득 떨어졌다. 대추나무는 집 마당에 심겨 있었지만 나뭇가지는 대부분 축대 밖으로 뻗어 나갔기 때문에 식구들은 집 밖에 양동이를 갖다 놓고 대추를 주웠다. 양동이에 가득 채워진 붉은 대추는 순수한 기쁨 그 자체였다. 열매를 수확하는 재미를 느껴본 적이 없는 도시 아이는 그날 잊을 수 없는 경험을 했다. 이다음에 어른이 되면 꼭 마당에 대추나무를 심겠다는 남다른 포부를 품었다.

대추나무가 있는 집에서 산 시간은 고작 2년이었다. 하지만 대추나무 가지에 손톱만 한 초록색 열매가 맺혔을 때부터 대추 따는 날을 손꼽아 기다렸고, 아침에 일어나면 밤사이에 대추가 얼마나 컸는지 들여다보았기에 대추가 익어가는 여름 한 철 동안 대추나무는 내 머릿속에 천천히 자리를 잡았다. 대추나무는 눈에 확 뜨이는 모양은 아니다. 수형이 독특하지도 않고, 잎사귀 모양도 긴 달걀 모양으로 평범하다. 활짝 피어도 1센티미터가 될까 말까 한 꽃은 어지간해서는 눈에 뜨이지도 않는다. 그런데도 멀리서도 대추나무를 알아보는 걸 보면 확실히 어린 시절의 경험이 중요하다는 사실을 알 수 있다.

대추는 중국을 거쳐 한반도에 전해졌을 텐데, 생육이 까다롭지 않아서 한국인의 제사상 1번 과일로 자리매김을 하지 않았나 싶다. 마당 귀퉁이에 심어 놓으면 알아서 쭉쭉 가지를 뻗고 십 년쯤 지나면 열매를 맺었으리라. "대추나무에 연 걸리듯"이라는 속담을 들으면 제사상을 받는 조상님들의 어린 시절을 상상하게 된다. 지금은 특별한 날에나 연

날리기를 볼 수 있지만, 그때는 겨울이면 아이들은 무시로 연을 날렸을 테고, 힘차게 날던 연들이 대추나무의 뾰족한 가시에 걸리는 일도 많았을 것이다.

　　요즘 아이들은 학교에서 연 만들기 키트를 받아오고, 대추는 사과대추라는 품종으로 개량되어 과일가게와 마트에 진열된다. 몇 년 전, 사과대추를 처음 먹었을 때 이제 대추도 당당하게 '과일'이라고 불릴 수 있겠다는 생각이 들었다. 조상님의 제사상에서는 대추가 1번이지만, 현실 세계에서는 제대로 된 과일 취급을 받기가 어렵기 때문이다. 대추는 다른 과일에 비해 너무 작다. 무화과처럼 개성 있는 과일도, 귤처럼 값싸고 맛있는 과일도, 두리안처럼 비싸고 특이한 과일도 아니다.

　　하지만 나는 대추를 좋아한다. 생대추는 아삭하고 가벼운 단맛 때문에, 건대추는 쫄깃하고 묵직한 단맛 때문에 좋아한다. 그런데 제일 좋아하는 과일이 뭐냐고 묻는다면 당당하게 대추라고 대답하지는 못한다. 대추를 좋아한다고 하면 결혼식 폐백에서 신부에게 아들 많이 낳으라고 덕담을 건네는 할머니가 된 기분이 든다. 이 성차별적인 덕담은 대추나무에 연이 걸리던 시절에만 유효했으니 과거로 흘려보내고, 대추에게는 무죄를 선고한다. 땅 땅 땅!

대추를 좋아하기에 대추를 흔하게 먹을 수 없어서 아쉽다. 과일은 제철이 있으니 한 철 맛있게 먹으면 되지 않냐고? 하지만 사과와 오렌지는 제철을 초월한 지 오래다. 이둘은 과일 세계의 절대 강자다. 좋아하는 사람이 많아 널리소비되고, 주스로도 만든다. 포도는 남반구에서 날아오고, 복숭아는 하다못해 통조림 깡통에라도 들었건만 대추는 약식이나 찰떡에 반쪽 넣으면 끝이다.

나의 대추 사랑은 짝사랑으로 끝나는구나 싶었는데, 2년 반 동안 대추를 원 없이 먹을 수 있는 대운이 허락되었다. 남편의 주재원 발령으로 중국에 가기 전에는 몰랐다. 대륙은 넓고, 대추를 사랑하는 사람은 많았다. 중국은 세계 최대의 대추 생산 국가인 동시에 세계 최대의 대추 소비 국가다. 마트에 가면 언제든 낱개로 포장한 대추를 살 수 있었다. 중국 대추는 크기도 크지만 당도도 놀랍다. 대추 가공식품도다양한데, 그중 최고는 대추 요구르트다. 먹어 본 사람만 아는 맛! 아침에 대추 요구르트 한 팩을 조르륵 들이키면 그날은 이미 행복한 하루였다.

새봄, 수양버들의 연녹색 잎이 부드러운 바람에 흔들

리는 4월이 되어도 대추나무는 겨울의 마른 가지 그대로다. 벚꽃 잎이 흩날리고 철쭉이 피어도 꿈쩍도 안 한다. 대추나무는 완연한 봄기운이 충만히 퍼지는 5월 초가 되어서야 잎을 내기 시작한다. 주인공은 마지막에 등장한다는 말은 대추나무에 돌려야 한다. 기다린 사람을 실망시키지 않으려는 듯, 대추나무의 잎은 눈부시게 반짝인다. 어떤 나무의 새잎도 5월의 대추나무 잎보다 맑고 밝게 빛나지 못할 것이다. 아파트 단지 주민들이 막 피기 시작한 장미꽃 사진을 찍느라 바쁠 때, 나는 대추나무의 새잎을 찍으면서 구시렁거린다. 스마트폰 카메라 렌즈로는 반짝거리는 대추나무 잎을 제대로 담을 수 없기 때문이다.

날이 더워지고 대추나무 잎사귀 색이 진해지는 6월로 접어들 무렵이면 가지마다 촘촘하게 작은 연녹색 꽃이 핀다. 자세히 보면 꽃잎, 꽃받침, 수술이 각각 다섯 개로 작은 별 같다. 이 꽃들이 모두 열매가 되면 얼마나 좋을까 싶을 정도로 가지마다 꽃이 빼곡하게 붙어 있다. 꽃이 핀 자리에 달린 연두색 대추 열매들은 여름을 지내며 조금씩 굵어지다가 붉어진다. 추석 즈음에는 반 이상 붉어진 대추가 잎사귀 사이에서 존재감을 드러낸다. 나도 모르게 대추를 향해 손을 뻗

대추나무 가지에 핀 꽃은 작은 별 같다.

어 보지만 닿을 리가 없다. 아파트 화단의 대추나무는 과수원이나 대추 농장과 달리 열매를 얻을 목적으로 심은 나무가 아니라서 키가 크다. 아파트 3층 높이에 달린 대추는 눈요깃감일 뿐이다. 주위를 한번 둘러보고 점프를 해도 어림없다. 간밤에 바람이 세게 불었다 싶으면 아침 일찍 집 밖으로 나가본다. 쳇, 번번이 허탕이다.

학교에 다시 출근한 첫해에 새로운 환경에 적응하며 여러 모로 힘들었지만 그중에서도 단연 최고는 막내를 어린이집에 데리고 가는 일이었다. 강의 시간 10분 전에 학교에 도착하려면 아침 여덟 시까지 막내를 어린이집에 데려다주어야 했다. 문제의 어린이집은 산자락 중턱에 있었다. 집 건너편에서 성균관대학교 학생들을 가득 태운 마을버스에 막내를 밀어 넣고 나도 끼어 타면 반은 성공이었다. 버스 종점에서 내려 어린이집 현관까지는 5분 거리지만 그 길을 여유롭게 걸을 수 없었다. 아이가 어린이집으로 들어가면 도돌이표처럼 다시 마을버스를 타고 평지로 내려온 뒤 대중교통으로 1시간 20분을 더 이동해야 했다. 어디선가 계속 초시계 소리가 들리는 것 같아 마을버스에서 내리자마자 막내의 손을 잡아당겼고, 그럴수록 막내는 더 걸음이 느려졌다. 그렇게 둘다 아침부터 기분이 나빠지는 날이 많았다. 아침마다 성곽길의 신선한 공기를 마셨지만 마음은 가벼워지지 않았다.

삐쭉 나온 나와 막내의 입 모양이 동그란 열매 모양으로 바뀐 건 아침 공기가 달라진 가을의 어느 날이었다. 마을버스 종점과 어린이집 사이 도로에 작고 붉고 동그란 열매가 잔뜩 떨어져 있었다. 대추였다. 주위를 둘러보니 옛날 외할머니댁처럼 축대를 쌓은 집 담장 너머로 대추나무 가지가 뻗어 있었다. 가지에는 대추가 촘촘했다.

나는 막내와 대추를 줍기 시작했다. 흠 없는 것만 골랐는데도 금세 두 손이 가득 찼다. 막내는 친구들과 나눠 먹겠다며 대추를 들고 어린이집으로 달려갔다. 그날 이후 우리의 어린이집 등원길은 대추 '채집길'이 되었다.

"오늘은 몇 개나 떨어졌을까?"

"너무 기대하진 마. 안 떨어졌을 수도 있고, 누가 먼저 주워갔을 수도 있어."

"아, 많이 줍고 싶은데…."

"욕심내면 안 돼. 사실 이 대추는 주인이 따로 있잖아."

네 이웃의 대추를 탐내지 말아야 하건만, 막내는 이미 채집의 달콤한 맛에 빠져버린 뒤였다. 계절이 바뀔 때까지

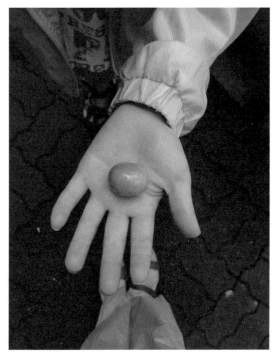

대추를 줍다 보면 어린이집에 도착한다.

우리는 열심히 대추를 주웠고, 머릿속에서 들리던 초시계 소리는 자취를 감췄다.

어느덧 막내는 가방을 메고 혼자 씩씩하게 학교에 가는 초등학생이 되었고 마을버스에 매달려 급경사를 올랐던 일은 육아 전쟁의 후일담으로 남았다. 하지만 매년 가을이 되면 아파트 화단의 대추나무는 손이 닿지 않는 높은 가지에 열매를 매달고 나를 유혹한다. 얼마 지나지 않아 대추는 쪼글쪼글해지고, 잎사귀를 떨굴 때 함께 자취를 감추겠지. '이번 생에 대추를 마음껏 따 볼 기회가 다시 올까? 요즘 세상에 태어났으면 어린이집이나 유치원에서 단체로 대추 따기 체험을 하고 왔을 텐데…' 이런 생각을 하다가, 스마트폰을 붙잡고 침대에서 굴러다니는 막내가 눈에 들어왔다. 나는 회심의 미소를 지었다. 아이를 앞세워서 대추 따기 체험에 가 볼 수 있지 않을까! 보은, 경산, 연산 대추가 유명하다지만 너무 멀었다. 검색을 해서 경기도 파주에 있는 대추 농장을 찾아냈다. 바로 체험 예약을 했다. 히히, 네 밤만 자면 대추를 딸 수 있다니, 소풍 전날처럼 설레는 날이 하루씩 지나갔다.

대추를 따겠다는 마음으로 하나가 된 다섯 사람이 농

장에 도착했다. 초등학생 남자 어린이 세 명과 그들의 엄마들은 농장주께 배꼽 인사를 드렸다. 대추 원정대는 봉투를 하나씩 들고 대추나무 밭으로 걸어 들어갔다. 농장의 대추나무들은 단체로 무릎을 꿇은 듯 키가 작았다. 오, 손에 닿는 곳마다 대추였다. 농장주님은 대추를 따서 담지만 말고 양껏 먹으라는 은혜로운 말씀을 하셨다. 진정 대추의 천국이로고! 아삭하고 달콤한 대추를 먹고 또 먹었다. 대추로 배부르기는 처음이었다. 파란 하늘에, 노란 들판에, 빨간 대추가 어우러진 세상에서 막내와 나는 대추의 추억을 하나 더 추가했다. 누가 뭐래도 대추는 따야 맛이다.

아이고 깜짝이야! : 밤

학교에서 수업을 하다가 학생들에게 유난히 큰 박수를 받은 적이 있다. 평생 잊지 못할 깊은 깨달음이나 벅찬 감동을 전해서가 아니다. 마술 같은 말 한마디 때문이다.

"야외 수업 합시다."

말이 끝나기가 무섭게 교실은 환성과 박수 소리로 가득하다. 야외 수업이라고 해서 별다른 내용을 선보일 거라고 생각하면 오산이다. 말 그대로 장소만 야외로 옮긴 수업이다. 학교 본관 건물 뒤편에 '뒷산'이라고 부르는 야트막한 언덕이 있다. 학생들은 그 언덕의 나무들 사이에 앉고 나는 서서 수업을 한다. 사실, 학생들은 의자 없이 땅바닥에 앉는 셈이라 시간이 지날수록 엉덩이가 뻐근하고 허리도 쑤신다. 하지만 월화수목금 닷새 내내 아침부터 저녁까지 몸을 책걸상에 고정하고 형벌 아닌 형벌을 받다 보면 교실에서 잠시 벗어났다는 사실만으로도 충분히 즐겁고 행복하다. 학생들의 웃음 가득한 얼굴이 그 사실을 증명한다. 나도 덩달아 기분이 좋다. 흙과 풀, 나무 냄새가 어우러진 숲에서 함께 보낸 시간은 오래오래 추억으로 남겠지? 흐뭇한 미소를 짓는 찰나, 내 비명에 내가 제일 크게 놀랐다.

"으악!"

"선생님, 괜찮으세요?"

가을이 깊어 가는 오후에 밤나무 사이에 서 있으면 머리 위로 밤이 떨어지는 건 자연의 이치임을 뒤늦게 알았다. 밤을 깐 적은 있어도 밤에 까인 적은 없었는데. 정수리에 '딱밤'을 맞은 뒤에야 밤나무가 시야에 들어왔다. 개안의 충격은 꽤 얼얼했지만 덕분에 밤나무의 존재를 확실히 알았다. 알고 보니, 아니 맞고 보니 학교 주변에는 밤나무가 상당히 많았다. 추석 연휴를 보내고 학교로 돌아오면 길가에는 갈색 밤송이가 수북했다. 혹시 밤이라도 들었나 싶어서 뒤집어 보면 속은 텅 비어 있었다. 여기는 밤나무만 많은 게 아니라 다람쥐도 많은가 생각했다. 밤을 주우러 다니는 분들과 마주치기 전까지는.

밤나무는 참나무목 참나무과에 속하는 식물이다. 그러므로 도토리와 밤은 먼 친척이라고 할 수 있다. 밤나무인 줄 알았던 나무는 상수리나무였고 상수리나무로 여겼던 나무는 나중에 알고 보니 밤나무였다. 두 나무 모두 잎의 폭이 좁으면서 길고, 톱니가 있어서 몇 번을 헛갈렸는지 모른다. 상수리나무 잎이 밤나무 잎에 비해 좀 더 뾰족하고 톱니에 엽록소가 없다지만 내 눈으로는 구분이 잘 안 되었다. 나무 앞에서 긴가민가하다가 에라 모르겠다, 내년 가을에 뭐가 열리는지 보자고 발걸음을 돌린 적도 많다. 그런데 가을까지 가지 않아도 구분할 수 있게 되었다. 아니, 구분할 수밖에 없었다. 6월이 되자 학교 주변은 온통 신선하면서도 비릿한 향으로 가득했다. 이 향기의 근원이 밤꽃이라는 사실을 알았을 때, 신기하다기보다는 당황스러웠다.

밤꽃은 스퍼미딘과 스퍼민이라는 물질을 함유하고 있

는데, 이름에서도 알 수 있듯이 이들은 정액의 특징적인 냄새를 주로 담당하는 화학 물질이다(정액은 영어로 sperm이다). 사람과 식물이 같은 냄새를 풍긴다니, 믿기가 어려웠다. 차분히 생각해 보면 정자와 난자가 만나는 자리에서 생명이 시작되고, 한 생명이 탄생하는 일은 또 하나의 우주가 만들어지는 셈이니, 밤꽃의 향기는 숭고하다는 수식어를 붙여도 좋을 듯한데 문제는 이 숭고한 향기가 너무 강해서 어지럽다는 거다.

날이 더워지고 여름방학을 간절하게 기다릴 무렵, 밤나무에 매달린 밤송이를 보았다. 봄의 새잎이 머금었던 연둣빛은 사라지고 온통 진초록인 7월의 나뭇잎들 사이에서 밤송이의 발랄한 연녹색은 단연 돋보였다. 지금까지 살면서 본 가장 아름다운 가시였다. 낮은 가지에 매달린 밤송이를 찾아 살짝 건드려 보았다. 혹시나 했는데 역시나 부드러웠고 심지어 촉촉하기까지 했다. 뭐든 시작은 여린 법, 가시도 마찬가지였다. 열매로 수정이 되기 전에는 어떤 모습이었을지 궁금해 하며 1년을 또 기다렸다.

학교 뒤 언덕의 밤나무들이 다시 흰 꽃으로 뒤덮였고 공기 중에는 스퍼미딘과 스퍼민이 가득했다. 작년에 밤송이를 만져 보았던 밤나무 앞으로 달려갔다. 밤송이가 달렸던 자리에는 긴 꽃차례가 수염처럼 늘어져 있었다. 수꽃차례였다. 그 아래쪽에 손톱보다 작은 고슴도치 모양의 암꽃이 붙어 있었다. 장마가 시작되기 전에 수꽃은 떨어지고 암꽃은 아기 밤송이가 되겠지. 밤송이는 여름을 통과하며 크고 단단해지겠지. 그리고 누군가의 머리 위로…. 되짚어 보니 집 주변의 오래된 주택가 골목을 둘러봐도 마당에 밤나무가 심긴 집을 찾기 어려웠다. 밤나무는 아파트 화단에 키울 나무가 아니었다.

하지만 꺼진 불도 다시 보라고 하지 않았던가. 코로나19 팬데믹이 시작된 2020년, 대한민국이 자랑하는 가을 하늘이 한껏 펼쳐졌는데 밖으로 나갈 수가 없었다. 안전을 위해 집에 머물라는 말이 참 야속하게 들렸다. 방역 일선에서 고생하는 분들을 생각해 참아야지 싶다가도 종일 집에 갇혀서 뱅글뱅글 돌다 보면 숨이 잘 안 쉬어졌다. 명절에 부모님을 만날 수도 없고, 지인들과 회포를 풀 수도 없는 이상한 가을이었다. 마스크를 쓰고 밖으로 뛰쳐나간들 딱히 갈 곳도 없어서 아파트 주변을 서성이곤 했다. 하릴없이 어슬렁거리며 아파트 단지를 몇 바퀴째 돌던 어느 날이었다. 한 나뭇가지에 시선이 쏠렸다. 감나무라고 생각했던 나무에 의외의 열매가 달려 있었다. 가까이 가보니 초록색 밤송이였다. 바이러스가 지구를 장악해 세상의 종말이 임박한 줄은 알았지만 감나무에 밤이 열리기까지 한단 말인가?

자세히 보니 감나무 뒤에 밤나무가 바짝 붙어 자라고 있었다. 남양주의 야산에서 자주 보던 밤나무처럼 10미터를 훌쩍 넘기는 키 큰 나무가 아니라, 3미터 정도 되는 작은 나무였다. 아파트 단지를 조성할 때 이 밤나무를 조경수로 심었을 것 같지는 않았다. 아파트가 완공된 지 25년이나 되었는데, 그때 밤나무를 심었다면 남양주 밤나무들만큼 자라고도 남았을 테니까. 의심스러운 점은 하나 더 있었다. 화단의 나무들은 최소 60센티미터의 간격을 두고 심어 놓았는데 이 밤나무는 바로 옆 감나무와 불과 30센티미터 정도만 떨어져 있었다.

어떻게 아파트 화단에서 밤나무가 자라는지도 의문이었지만 주변에 밤나무가 하나도 없는데 밤송이가 달렸다는 사실이 더 신기했다. 밤나무는 주로 바람의 도움을 받아 꽃가루를 받기 때문이다. 수분이 이루어지려면 적어도 10-20미터 거리에 다른 밤나무가 있어야 하는데, 아파트 단지에는

아파트 화단에서 몰래 익어 가는 밤송이

오직 이 밤나무 한 그루뿐이었다. 확률은 적지만 벌이 꽃가루를 날라주었거나 최후의 선택으로 자가수분을 했을 수도 있다. 식물은 유전적으로 이로울 것이 없기 때문에 가능하면 자가수분을 하지 않으려고 애쓴다. 밤나무의 경우 같은 가지에 수꽃과 암꽃이 함께 달리는데, 수꽃이 먼저 핀 뒤 암꽃이 피는 방식으로 자가수분이 되지 않도록 조절을 한다. 이 밤나무는 다른 밤나무의 꽃가루를 받을 수 없는 열악한 상황을 탓하지 않고 그에 맞게 대응을 해서 결실을 맺었으니, 그 노력에 존경심이 우러나지 않을 수 없었다.

혹시 더 열악한 상황이 닥친다면 어떻게 될까? 아파트 단지의 밤나무는 2021년 가을에는 열매를 맺지 않았다. 이 방법 저 방법 다 써 봤지만 열매를 맺을 수 없었나 보다. 이 것도 나쁘지 않은 자세다. 열심히 애쓰는 건 아름답고 기특한 일이다. 하지만 모든 세상일이 애쓰는 대로 되라는 법은 없다. 마지막 수단까지 동원해도 안 될 때가 있다. 나에게는 운전이 그랬다. 면허도 있고 운전도 할 줄 알지만 운전석에 앉으면 강박감이 너무 심했다. 하다 보면 괜찮아질 거라는 말을 수도 없이 들었지만 여러 번을 시도해도 강박감은 좀처럼 줄어들지 않았다. 남들은 다 하는 운전을 못 하는 나 자신이 얼마나 한심한지 말로 다 할 수가 없다. 이럴 때 한 번만 더 하면 된다고 말하는 사람이 꼭 있는데, 진짜 밉다. 운전을 못 해서 불편하고, 할 수 있으면 참 좋겠지만, 이번 생에는 못하는 걸로 마음을 정리했다. 열매가 없는 것도 그 나름의 열매다. 열매를 맺든 안 맺든, 아파트 단지의 유일한 밤나무가 지금처럼 화단에서 제 자리를 잘 지키면 좋겠다.

닮고 싶은 빛: 감

내가 사는 아파트 단지 중심에는 놀이터가 있고 그 주위를 아파트 세 동이 감싸고 있다. 조경이 빼어난 단지는 아니다. 건물 앞과 뒤, 담장을 따라 화단이 있는 정도다. 화단에는 상록 침엽수와 낙엽 활엽수, 각종 꽃나무를 적당히 심었다. 대한민국의 어느 아파트 단지에나 있는 향나무, 단풍나무, 목련, 철쭉, 장미 덩굴 등이다. 화단 주변에는 무슨 법칙이라도 있는 듯 회양목을 둘러놓았다. 고급 아파트 단지에 심는다는 천만 원이 넘는 소나무는 없다. 대신에 구부정한 소나무 몇 그루가 지지대에 의지해 서 있다. 아주 보통의, 지극히 평범한 화단이다.

이 아파트로 이사를 온 뒤 처음 맞는 가을에 화단에서

무언가가 내 눈에 띄었다. 추석 즈음 두툼한 나뭇잎 사이로 붉은 기운이 조금씩 보였다. 감인가? 감이었다. 아파트 화단에는 감나무가 많았다. 세어 보니 서른 그루나 되었다. 매년 서른 그루의 감나무는 가지마다 감을 잔뜩 맺었다. 화단에서 자라는 것치고는 열매가 굉장히 실한 편이었다. 마트에 진열된 감 옆에 살짝 놓아도 전혀 위축되지 않고 어깨, 아니 꼭지를 쭉 펼 수 있을 정도였다.

서른 그루의 나무에 매달린 감들은 매일 조금씩 꾸준히 익어갔다. 그 중에는 크기가 내 주먹만 하고 끝이 뾰족한 대봉감도 있었다. 대봉감은 감만 큰 게 아니라 잎사귀도 크고 나무도 우람하다. 묵직한 대봉감이 달린 감나무 밑에 서면 마치 경남 하동의 대봉감 마을로 순간이동을 한 듯했다. 11월, 단풍이 절정에 달하면 감은 깊고 선명하게 붉었다. 마음이 은근하고 따뜻해지는 붉은 기운이었다.

예로부터 사람들이 마당에 감나무를 심은 까닭은 열매를 따 먹기 위해서만은 아니라는 사실을, 감나무를 자주 보면 알 수 있다. 감나무는 가을에만 돋보이는 나무가 아니다. 감나무의 잎은 두껍고 광택이 있다. 여름철 장대비가 한차례 빗줄기를 쏟아 부은 뒤 쨍한 하늘로 바뀌면 감나무 잎은 매

아파트 공동현관 앞에서 천천히 익어가는 대봉감

끈하게 빛난다. 세상에는 요란하게 반짝이는 것들이 많고 그에 비하면 감나무 잎에 감도는 빛은 소박하다. 하지만 묵직하고 은은하게 빛나는 감나무 잎을 보고 있으면 내 삶의 도구들에서도 저런 빛이 났으면 좋겠다는 마음이 든다. 값비싼 새 물건을 사지 않아도 지금 쓰고 있는 일상의 도구들을 깨끗하게 닦아서 오래 사용하고 싶다. 그것들을 쓰는 나에게서도 비슷한 빛이 났으면 하고 바란다.

감나무에는 독특한 정서가 깃들어 있다. 배려와 나눔의 정이다. 한겨울 잎사귀를 모두 떨군 감나무가 을씨년스럽게 보이지 않는 까닭은 까치밥으로 남겨 둔 감 몇 개 덕분이다. 동물을 배려하는 한국의 전통 문화라고 으스대고 싶지만, 자랑하기 전에 혹시나 싶어 '팩트 체크'를 했다. 일본에도 감나무 가지에 열매를 남기는 풍습이 있는데 이를 '키마모리'라고 한다. 키마모리는 내년에도 열매가 잘 열리기를 기원하는 뜻에서 열매를 남기는 것이다. 까치밥이든 키마모리든 감나무 열매를 다 딸 수 없는 이유는 사실 따로 있다. 감나무는 가지가 잘 부러진다고 한다. 방충망이 떨어질 정도로 비바람이 심하게 몰아친 다음 날, 집 밖으로 나와 화단 주변을 살펴보니 부러진 가지 중에서 열의 아홉은 감나무 가

지였다. 나무에 오르며 맨 꼭대기에 매달린 감까지 따겠다고
욕심을 내다가 가지가 부러지는 일이 다반사였을 테니, 어차
피 따지 못할 감을 새에게 양보하는 풍습이 생겼을 확률이
높다.

이 아파트 단지에 살기 시작한 첫해, 배려와 나눔에 열
정까지 깃든 이웃들을 만났다. 아파트 동대표인 한 주민이
종로구청에서 예산을 지원받아 마을 공동체 사업을 진행한
다고 했다. 동대표 언니의 친화력과 추진력에, 아파트에 막
적응하는 중이었던 나 같은 사람도 얼떨결에 사업에 끼었다.
아파트 관리사무소 회의실에서 처음 모였을 때만 해도 우리
는 점잖고 서먹했다. 그러나 회장과 임원을 선출하고 나니
사업 계획이 술술 세워졌다. 외부 강사를 초빙하여 주민 교
양 강좌를 열고, 방치된 지하 보일러실을 체육 시설로 개조
했다. 우리 공동체 사업은 '하면 된다'는 흐름을 타 버렸다.
여름에는 아파트 놀이터를 1일 워터파크로 만들어 자신감을
충전, 여세를 몰아 발 디딜 틈 없는 주민들의 아나바다 장터
로 또 변신시켰다.

가을이 오자 놀이터는 곶감을 만드는 공동 대청마루가
되었다. 주민들이 옹기종기 둘러앉아 아파트 화단에서 수확

한 감으로 직접 곶감을 만든다니, 이 이상 정감 있고 흐뭇한 행사가 또 있을 수 없었다. 곶감은 사 먹는 거지 만드는 건 줄 몰랐던 나는 곶감을 어떻게 만드냐고 천진하게 물었다. 답은 의외로 간단했다. 껍질을 깎아서 말리면 된단다. 곶감 걸이라는 신기한 물건이 있으니 걱정하지 말란다. 모든 행사는 결국 사진으로 남으니 이왕 판을 벌인 김에 한복을 입으면 어떠냐는 화룡점정의 제안을 누가 했는지는 잘 기억나지 않는다. 나였는지 다른 언니였는지 모르겠지만 그 제안이 나왔을 때 다들 '어머', '어우'를 연발하면서 깔깔 웃었다. 그렇게 해서 빨간 한복 치마들이 펄럭이는 가운데 곶감 만들기 행사가 열렸다.

세계적으로 감나무속에 포함되는 식물은 400여 종인데 그중에서 식용으로 재배 가치가 있는 감나무는 주로 한국, 중국, 일본에서 자란다고 한다. 먹는 감은 단감과 떫은감으로 나뉘는데 떫은감은 말 그대로 떫은맛을 내는 타닌 성분 때문에 바로 먹을 수가 없다. 우리나라와 중국의 재래종 감은 대부분 떫은감이라 홍시가 될 때까지 기다리거나 곶감으로 만들어 먹어야 했단다. 나무에서 딴 생과를 바로 먹을 수 있는 감은 단감으로, 일본에서 건너왔다. 단감을 먹기 시작한 건 비교적 최근이니 조상님들은 떫은감만 드셨을 것이다. 감나무에서 딴 떫은감을 홍시로 먹기 위해서는 항아리에서 숙성시켜야 하고 곶감으로 만들려면 최소 40일에서 60일은 자연 건조를 시켜야 했다. 감은 기다리고 기다려야 먹을 수 있는 열매였다. 오랜 기다림의 끝에서 달콤한 감을 이웃과 나누며 긴긴 겨울을 보냈던 조상님들을 떠올렸다.

　가족 단위로 둘러앉아 아파트 화단에서 수확한 떫은감을 받았다. 껍질을 벗긴 이십여 개의 감이 곶감걸이에 줄줄이 걸렸다. 감들은 베란다에서 천천히 달콤하고 쫄깃한 곶감으로 변신했다. 모양 좋고 큼지막한 대봉감을 상자에 두 개씩 고이 담아 연세가 지긋한 어르신들 댁으로 배달했다. 아파트의 언니들과 감나무들은 떫은맛은 없애고 달콤함만 남기는 마법을 부렸다. 배려와 나눔의 열매는 시골집 뒷마당뿐만 아니라 도심 한복판의 아파트 화단에도 열릴 수 있다. 그러므로 오가는 길에 은은한 빛이 감도는 감나무가 있다면, 가끔씩 올려다 볼 일이다.

느릿느릿,
오래오래

창경궁 숭문당의
두 갈래 주목

사계절 내내 푸르른 나무, 상록수 중에서도 잎이 뾰족한 상록침엽수는 어지간해서 도드라지지 않는다. 눈에 뜨이는 변화 없이 사철 내내 푸릇푸릇한 모습 그대로다. 그러니 다른 종을 식별하기도 쉽지 않다. 소나무와 잣나무, 향나무와 측백나무는 비슷해 보이지만 엄연히 다른 종이다. 식물에 별다른 관심이 없던 시절, 이들은 하나같이 그냥 시퍼런 나무였다. 학교에서 미술 시간에 나뭇잎을 그리라고 하면 잎맥을 중심으로 넙적하게 퍼진 활엽수의 잎몸을 그리곤 했다. 상록침엽수는 나의 의식과 무의식 모두에서 홀대를 당했던 모양이다.

1년 중 딱 하루만 예외였다. 12월이 되면 상록침엽수들은 어딘가에서 우르르 몰려나와 크리스마스 카드에 성채처럼 줄지어 늘어서곤 했다. 산타와 루돌프는 다른 나무들 위로는 비행하지 않기로 계약이라도 한 건지, 경쾌한 캐럴을 배경음악으로 삼아 금가루, 은가루를 뿌리며 뾰족한 나무들 위로 펼쳐진 하늘을 날았다. 카드에서 흰 눈이 살포시 얹힌 초록빛 바늘잎나무들은 당당하게 빛났다. 하지만 크리스마스가 지나면 하루 특별 외출을 나왔던 군인처럼 다시 나의 관심 밖으로 사라졌다.

　같은 아파트 단지에서 8년째 살고 있다. 처음 4년은 옆 동에 살았는데, 그 동은 공동 현관 옆에서 인도가 뚝 끊어져 있었다. 막내를 데리고 오갈 때면 나도 모르게 아이의 손을 꼭 쥐거나, 벌써 앞으로 뛰어나간 아이의 뒤통수에 대고 차를 조심하라고 외치기 일쑤였다. 바로 그 자리에 있는 듯 없는 듯한 나무가 한 그루 있었다. 사실, 거기에 나무 할아버지, 나무 대통령, 나무 BTS가 있었다고 해도 나는 아이를 챙기느라 곁눈도 주지 않았을 것이다. 아이가 자신의 안전을 알아서 챙길 만큼 자란 뒤에야 내 눈과 귀는 다른 곳을 향할 수 있었다. 더는 아이의 손을 잡아줄 필요가 없어진 무렵에 비로소 그 나무의 존재를 인식했다.

　집에 들어갈 때면 항상 그 나무 앞을 지나쳐야 했다. 거의 매일 같은 시간에 마주치는 그 나무는 365일 별다른 변화가 없어 보였다. 맞은편 화단에는 벚꽃잎이 날리고, 철쭉이 흐드러지게 피고, 모과와 감이 열리고, 오묘한 색으로 물들었던 잎사귀가 몽땅 사라져 빈 가지만 남는 동안 그 나무는 꿈쩍도 하지 않았다. 어쩜 저렇게 매일 똑같을 수가 있지? 조화랑 별 차이가 없잖아. 내 눈에는 지루하게만 보이는 나무였다.

계절이 가을로 바뀐 어느 날, 그 나무의 짧고 뾰족한 잎 사이사이에 빨간 열매가 달린 걸 처음 보았다. 어제나 오늘이나 내일도 똑같으리라는 믿음이 쨍하고 깨졌다. 다른 상록침엽수와 확실히 구분되는 열매 덕분에 그 나무를 주목하게 되었고, 뒤늦게 안 나무의 이름은 주목이었다.

주목은 아파트, 주택, 건물의 화단이나 공원에 조경수로 널리 심는다. 흔하지만 특징은 있다. 다른 상록침엽수들에는 없는 빨간 열매다. 가을에 맺히는 산수유, 남천, 백당나무, 팥배나무, 산사나무의 열매도 제각기 붉지만 주목만큼 짙푸른 초록색 잎을 배경으로 달리진 않는다. 주목의 바늘잎 사이에서 더 선명하게 보이는 붉은 열매는 작은 젤리 같아서 침샘을 자극한다. 새들의 눈에는 더 도드라지게 보일까?

주목朱木은 한자 이름 그대로 붉은 나무다. 열매가 붉어서 붙은 이름은 아니다. 얇게 벗겨지는 껍질 안쪽의 줄기를 보면 붉은빛이 감도는데, 나무줄기의 중심 부분인 심재도 붉다고 한다. 얼마나 붉은지 확인해 보려고 멀쩡한 나무를 자를 수는 없다. 직접 봐야겠다며 한밤중에 몰래 톱질하다가는 피처럼 붉은 수액에 기겁을 할 수 있다. 아파트 화단에 있는 듯 없는 듯 서 있지만 실은 붉은 속내를 감추고 있는 셈이다.

주목은 붉다는 특징 외에도 놀라운 점이 많은 나무다. 주목은 단단한 나무다. 옛날에는 주목으로 불상을 만들기도 했다는데, 돌처럼 단단한 주목을 깎던 수도승은 백이면 백 모두 성불했으리라. 또 정원수로 많이 심겨서 무해할 것 같은 이 나무에는 의외로 독이 있다. 독을 적절히 처방하면 약이 되는 법이니, 예로부터 주목을 약재로 쓴 우리 선조들의 지혜에 새삼 놀라지는 말자. 현대에 와서 주목에서 추출한 택솔로 항암제를 만든 것도 같은 맥락이다. 주목은 빨간 열매를 제외한 모든 부분에 독이 있다. 주목 열매를 먹은 뒤에 씨를 뱉지 않으면 제대로 배앓이를 할 수 있다니, 겁이 나서 맛을 볼 시도는 못하겠다.

우리나라와 중국, 일본이 자생지인 주목의 학명은 탁

수스 쿠스피다타*Taxus cuspidata*이다. 탁수스라는 속명은 그리스어로 활을 나타내는 단어에서 유래했는데, 실제로 유럽 주목인 탁수스 바카타*Taxus baccata*는 중세 시대 전쟁용 활의 주재료였다. 종소명 쿠스피다타는 급격히 뾰족해지는 주목의 잎사귀 모양 때문에 붙은 이름이다. 상록침엽수의 잎사귀가 거기서 거기라고 생각했던 나 같은 사람에게 주목의 뾰족한 잎사귀 끝부분은 주목을 식별할 수 있는 중요한 표지다. 주목과 엇비슷해 보이는 구상나무는 잎사귀 끝이 안쪽으로 오목하게 들어가 있다. 전나무의 잎도 짧고 뾰족하지만 주목의 잎보다 두께가 훨씬 얇다.

무엇보다도 주목은 아주 천천히 자라는 나무다. 국가생물종지식정보시스템에도 주목의 특징으로 "생육이 느리다"라고 당당하게 적혀 있을 정도니, 다른 나무들과 비교하면 꿈쩍 않는 돌멩이와 다를 바가 없다. 주목은 거북이처럼 느릿느릿 자라고, 오래 산다. 변화가 없으면 지겹고 뻔한 인간 세상과 달리 주목의 세상은 요지부동이다. 주목의 사전에 '지루하다', '지겹다', '지지부진하다' 같은 단어는 없을 것 같다. 흔히 주목에 붙이는 '살아서 천 년, 죽어서 천 년'이라는 말을 누가 만들어냈는지 모르겠지만, 주목의 특성을 이보다 잘 표현하는 구절을 찾기 어렵다. 천 년을 살면서 지루함을 모르는 존재라면 신성이 깃들어 있을 확률이 높다. 하루가 천 년 같고 천 년이 하루 같다는 문장은 신에게 바쳐진 문장이기 때문이다.

하지만 아파트 화단에 심긴 주목에서는 과자 부스러기만큼의 신성 비스름한 것도 느껴지지 않았다. 주목이 살아갈 천 년에 비해 아파트 화단에서 보낸 몇십 년은 너무 짧아서인가? 제대로 나이를 먹은 주목을 보고 싶었다.

혜화동에 살아서 좋은 건 큰맘 먹지 않아도 궁궐에 들락거릴 수 있다는 점인데, 자칫 열심히 살다 보면 '궁세권'의 행복을 누릴 여유가 없다. 아무리 바빠도 매월 마지막 수요일 문화의 날 궁궐 무료입장 혜택은 놓치고 싶지 않다. 그래서 잊지 않도록 핸드폰에 알람을 걸어 둔다. 햇볕이 따사로운 어느 가을날, 추리닝 바지 차림으로 동네를 어슬렁거리다가 좀 더 걸음을 내디뎌 창경궁으로 들어갔다. 평소 같으면 홍화문을 통과하자마자 오른쪽으로 틀어 춘당지 방향으로 접어들었겠지만 목표를 정하고 왔으니 옥천교를 건너 계속 직진했다.

창경궁의 정전인 명정전을 왼쪽으로 끼고 돌면 확 트

창경궁 숭문당의 주목은
죽은 듯 보이지만 아직 살아있다.

인 공간이 펼쳐진다. 그 공간 오른편에 사면이 뚫린 함인정이 있다. 신발을 벗고 함인정의 현판이 걸린 면의 마루에 앉으면 관찰 대상이 눈에 들어온다. 숭문당 옆 화단에 서 있는, 줄기가 두 개인 주목이다. 어떻게 줄기가 두 개인지는 모르겠다. 한 그루처럼 보이지만 두 그루인 걸까? 활처럼 구부러진 왼쪽 줄기는 받침목으로 고여 놓았지만 나뭇가지도 없고 잎도 달리지 않은 걸로 보아 '죽어서 천 년' 상태로 보였다. 하지만 오른쪽 줄기는 아직 살아 있다. 잔뜩 비틀린 가지 하나가 박쥐처럼 줄기에 매달려 있을 뿐이지만 가지에는 초록색 바늘잎이 생생했다. 혹시나 해서 가까이 다가가 보니 세상에, 빨간 열매가 가득했다. 백 년이 넘은 주목은 아직 청춘이었다.

2021년 여름, 안전한 집에 머무는 것도 하루 이틀이지, 집에 갇혀 삼시 세끼 제조상궁 코스프레를 한 지 벌써 1년 반이 지났다. 바이러스와의 싸움은 끝날 기미가 보이지 않는데 삼복더위에 가스레인지 옆을 떠나지 못하니 삶의 의욕이 천천히 증발하기 시작했다. 단 며칠이라도 일상의 굴레에서 벗어나고 싶었다. 서울을 떠나 강원도의 어느 리조트에 짐을 풀었을 때 창문 밖으로 보이는 침엽수들의 가지가 고맙고 반가웠다. 리조트가 오래된 만큼 나무들도 크고 굵었는데, 그런 나무들 사이를 거닐기만 해도 마음이 풀어졌다. 소설가 이승우는 이곳에서 미셸 투르니에와 사귀었다고 했다. 미셸 투르니에는 어디서 읽어도 좋지만 특히 자작나무와 낙엽송이 우거진 숲 그늘에서 읽기 좋았다는 그의 말은 사실이었다. 굵고 무성한 나뭇가지가 드리운 낡은 벤치에 앉아서 책장을 넘기니 밑바닥부터 천천히 기운이 차올랐다.

하지만 아이들은 뭔가 활동을 해야 재미있어 하니, 근처 발왕산 꼭대기까지 케이블카를 타고 올라갔다 오기로 했다. 리조트 안내 데스크에 비치된 팸플릿을 집어 들었는데, '주목'이라는 단어를 발견하고 깜짝 놀랐다. 발왕산 정상에 주목 군락지가 있네? 주목 군락지는 소백산이나 덕유산, 태백산에 있다고 들었고, 동네 앞산도 헉헉거리며 올라가는 수준이라 이번 생에는 주목 군락을 볼 수 없다고 미리 포기했는데, 역시 꿈은 난데없이 이루어지고말고. 드디어 '살아 천년'의 주목을 마주하는 순간인가! 애국가를 연주할 때 "삼천리 화려강산" 대목에서 울리는, 웅장한 팀파니 소리가 들리는 듯했다.

케이블카에 올라탈 때만 해도 주목을 만날 기대감으로

한껏 고무되었는데, 출발한 지 3분쯤 지나니 슬슬 정신이 들기 시작했다. 그때까지 내가 타 본 케이블카는 끽해야 편도로 3분 걸리는 남산 케이블카가 고작이었다. 이 케이블카는 장장 18분짜리 코스를 오르고 있었다. 놀이공원 대관람차도 못 타는 심장으로 1천 미터 상공에 매달려 있으려니 가슴이 조여 왔다. 아이들은 신이 났고 나는 죽을 맛이었다. 리조트 홈페이지에 나와 있는 대로 "하늘을 날아오르는 듯한 유유한 멋과 싱그러운 자연의 정취"에 흠뻑 빠져들기는커녕, 케이블카에서 내릴 때쯤에는 마감 세일에도 팔리지 않고 남겨진 마트 수산물 코너의 오징어처럼 온몸이 흐느적거렸다.

여기에서 끝이 아니었다. 발왕산 정상에서 불어오는 바람은 흐물거리는 해동 오징어를 3초 만에 뻣뻣한 건조 오징어로 변신시켰다. 엄청난 바람이었다. 7월 말 한여름의 더위는 온데간데없고, 팔다리에 소름이 돋을 정도로 한기가 들었다. 한여름에도 이 정도라면 겨울에는 어떨까? 서둘러 정상 인증샷을 찍고 주위를 탐색했다. 한층 가까워진 하늘과 발밑으로 펼쳐진 능선 아래는 온통 진초록빛 나무의 천국이었다. 사람의 손으로 평지에 심은 조경수가 아닌, 산에서 싹을 틔우고 뿌리를 내리고 줄기를 올린 숲의 나무들, 매일 온

몸을 때리는 바람을 맞으면서 버티는 존재들이었다. 그중에는 이미 죽은 나무도 있었다. 회색빛 중심 줄기와 가지만 남은 채로 칼바람을 맞으면서도 쓰러지지 않는 고사 주목들은 살아있는 나무보다 더 당당해 보였다. 나무에 영혼이 깃든다는 말은 헛말이 아니었다.

팸플릿에는 정상에서 '아버지왕주목'까지 무장애 데크 길이 조성되어 있다고 했으니, 나무에 별다른 관심이 없는 가족들은 카페에 남겨두고 이정표를 따라 경사면을 내려갔다. 산책로 주위에는 고사한 주목부터 속이 뻥 뚫렸지만 멀쩡히 살아있는 주목까지, 다양한 주목들이 보였다. 수령이 오래된 주목은 유난히 속이 빈 경우가 많은데, 이건 짠하게 여길 일이 아니다. 속이 비면 오히려 강풍에 쓰러질 위험이 적다고 한다. 연륜이 쌓일수록 가벼워진다니, 인간이 꿈꾸는 도인의 경지다. 주목이 천 년을 거뜬히 살 수 있는 또 하나의 비결은 세포 구성이 단순해서란다. 꼭 필요한 세포 두 종류만으로 몸체를 구성하니 천천히 자라는 대신에 장수할 수 있다나. 주목의 좌우명은 미니멀리즘이다.

다른 나무도 살피며 걸은 지 20여 분쯤 지났을까, 부엉이 조각과 벤치가 있는 휴게 공간과 울타리를 쳐 놓은 아버지왕주목이 보였다. 이 주목의 이름을 처음 대했을 때는 '아버지'에 '왕'까지 붙인 건 좀 과하다고 생각했다. 의인화도 모자라 봉건시대의 영광을 덧씌우는 작명이 아닌가 싶어서 말이다. 하지만 막상 실물을 보니 이 나무는 '아버지'와 '왕'에 다른 하나를 더 얹어도 충분히 감당할 수 있을 만한 나무였다. 긴장한 근육 같은 줄기, 거침없는 수관, 무성한 가지, 짙푸른 잎사귀 모두에 생기가 가득했다. 아버지왕주목은 큰 나무였다. 하지만 단지 크기로 압도하는 나무는 아니었다. 집 앞 로터리를 지키고 있는 양버즘나무도 이 정도 크기는 된다. 중요한 것은 외형이 아니라 시간이다. 이 나무가 뿌리를 박고 가지를 뻗치며 버텨온 1800년이라는 세월을 눈으로 보고 손으로 만질 수 있다는 사실이 놀라웠다. 고구려, 신라, 백제의 시간을 통과한 나무와 같은 시공간에 있다니, 시간의 굴레를 벗어난 기분마저 들었다.

데크길 공사가 아직 끝나지 않아 팸플릿에 소개된 다른 주목들을 더 둘러보진 못했지만 '살아서 천 년'을 실물로 영접했다는 감격은 충분히 맛보았다. 겨우 백 년을 살까 말까 하는 인간에게 한 줄기 빛이 되는 말이라도 던져주지 않을까 싶어 벤치에 앉았다. 하지만 들리는 건 바람 소리뿐, 주

발왕산을 1800년 동안 지켜 온 아버지왕주목

목은 말이 없었다. 가는 말이 없으니 오는 말도 없을 수밖에. 어쩔 수 없이 한참 동안 주목의 침묵에 머물렀다.

사람들은 이 나무의 웅장함에 기대고 싶어서 아버지왕 주목이라는 이름을 붙였을 것이다. 인간은 하루에도 몇 번씩 일희일비하는 존재다. 만물의 영장이라고 불리지만 대부분의 인생은 웅장하지 못하다. 운 좋게 몇 번의 웅장한 순간을 맞더라도 팀파니 소리가 들리는 순간은 잠시뿐이다. 그런 우리가 천 년이 넘는 생을 살아 온 존재를 마주할 때 경외감을 느낄 수밖에 없다. 비슷해 보이는 매일을 사느라 지치고 지겨웠던 나에게 발왕산의 주목은 우주적인 규모의 일관성과 항상성을 보여주었다. 그 세계를 감히 흉내 낼 생각은 없다. 오히려 인간인 내가 주목의 웅장함에 범접할 수 없음이 확실해졌다. 어렸을 때야 "소년이여 야망을 가져라" 같은 말에 혹할 수 있지만 오십에 가까운 지금은 웅장은 고사하고 옹졸하지만 않기를 바랄 뿐이다.

어제가 오늘 같고 내일도 오늘과 다르지 않을 것 같아서 유난히 힘든 날에는 주목 사진을 열어본다. 다행히 주목과 나는 한 가지 공통점이 있다. 주목이 살아온 수천 년의 시간도 하루씩 지나갔다는 사실이다. 사흘씩, 일주일씩, 한

달씩 뭉텅이로 흘러가지 않았다. 이 나무 앞에 앉아 말없이 숨을 쉬었던 시간을 떠올리며 호흡에 집중해 본다. 수업도, 글도, 밥도 잘 안 되었지만 숨만 쉴 수 있다면 하루는 어떻게든 보낼 수 있다. 심호흡을 하고 이불에 들어가 몸을 넣고 웅크리면 그걸로 끝이다. 나뭇가지 위로 별을 이고 있는 산속 주목도 하루를 마쳤겠지. 이렇게 작은 날들을 보내다 보면 손톱만 한 붉은 열매가 맺히는 순간이 있을 테니까, 버텨 봐야지.

동네 식물 대잔치

우리집 반경 1킬로미터
안에서 만나는 식물

아홉 살, 사회 교과서에서 "우리나라는 사계절이 뚜렷하고"로 시작하는 문장을 배울 즈음, 텔레비전에서는 "뚜렷한 사계절이 있기에 볼수록 정이 드는 산과 들"이라는 가사의 노래가 흘러나왔다. 그 노래를 흥얼흥얼 따라 부르다 보면 우리나라의 봄과 가을은 당연히 좋고, 여름과 겨울도 반드시 좋다고 해야만 할 것 같았다. 땀을 많이 흘리는 편이라 여름은 버겁고, 습도가 올라가면 제멋대로 꼬부라지는 머리카락 때문에 장마는 짜증스럽고, 늦가을부터 초봄까지는 아무리 두꺼운 양말을 신어도 따뜻해지지 않는 발가락을 쉬지 않고 꼼지락거리느라 피곤한 게 현실이었지만 입을 꼭 다물었다.

뚜렷한 사계절은 "은혜로운 이 땅을 위해" 신이 내려준

축복이라 믿었는데, 고등학교 세계 지리 수업 시간에 그 믿음이 흔들렸다. 지중해성 기후에 대해 배운 날, 은혜로운 땅은 따로 있다는 사실을 뒤늦게 알았을 때의 당황스러움이란! 지중해 연안이나 캘리포니아는 위도상으로는 우리나라와 엇비슷하지만 여름은 건조하고 겨울은 온난하다고? 뚜렷한 사계절 때문에 뒤엉킨 머리칼과 얼어붙은 발가락이 성토 대회를 열 판이었다. 아니, 그때의 불만은 귀여운 수준이었다. 살림의 세계에 발을 들여놓자 계절의 변화와 함께 일거리가 쏟아졌다. 철이 지날 때마다 옷장을 정리하고, 이불과 소파 커버와 커튼을 갈고, 세탁소를 들락거려야 한다. 며칠에 걸쳐 계절 노동을 하다 보면 나도 모르게 한숨이 나왔다. 20년을 반복한 일이니 이제는 사계절이 뚜렷한 나라에 사는 업보라고 받아들일 때도 되었건만, 계절이 바뀔 때마다 새록새록 귀찮다.

그럼에도 계절의 변화가 좋은 점은 분명히 있다. 자연이 빚어내는 풍경의 변화는 메마른 일상에 잔잔한 울림을 선사한다. 대한민국에서는 봄밤의 정취, 여름날 이른 아침의 환한 기운, 짙푸른 가을 하늘과 쏟아지는 눈송이를 모두 누릴 수 있다. 그래서 "뚜렷한 사계절이 있기에 볼수록 정이 드는 산과 들"은 완전히 틀린 말은 아니다. 게다가 식물은 안목 있는 관찰자에게 특별한 계절의 감동을 선물한다.

다년간에 걸쳐 식물 키우기를 시도했지만 나에게는 식물을 잘 키울 재주가 많지 않다는 사실이 확실해지자 남의 손에서 자라는 식물을 관찰하는 쪽으로 방향을 틀었다. 출근하지 않는 날, 점심을 먹은 뒤 살짝 졸릴 듯하면 동네를 천천히 걸어 다니며 식물을 탐색한다. 어느새 6년째 실천하고 있는 습관이다. 따로 시간을 내거나 멀리 가지 않더라도 언제든 부담 없이 볼 수 있는, 집에서 반경 1킬로미터 거리 안에 있는 식물들이 좋다. 가능하면 멀리 휘적휘적 걷고 싶은 마음이 간절한 날도 있지만, 땅거미가 질 무렵이면 저녁 밥상을 차려야 하니까 어지간해서는 1킬로미터를 벗어나지 않으려고 한다.

해리 포터처럼 소환 마법을 쓸 수 있다면 계절별로 관찰하는 식물들을 한 자리에 모아서 보고 싶다. 특히 오늘처럼 되는 일이 없어서 울적한 날에는 내가 좋아하는 동네 식물들을 모두 불러 모으고 싶다. 잠시만. 여기는 대한민국, "원하는 것은 무엇이든 얻을 수 있고 뜻하는 것은 무엇이건 될 수가 있"다잖나. 주위에 아무도 없는지 확인하고, 소환 마법 주문을 외운다. "아씨오Accio!"

먼저 3월의 영춘화. 아파트 단지 후문을 벗어나 언덕으로 올라가면 한양도성 순성길이 나온다. 낙산 구간에서 백악 구간으로 바뀌는 혜화문 성곽길의 초입이다. 성곽 아래 계단으로 내려가면 폭포처럼 쏟아지는 봄을 만난다. 방식꽃예술원 입구의 간판을 절반쯤 가릴 정도로 무성하게 핀 이 노란 꽃은 영춘화다. 얼핏 보면 개나리로 착각하기 쉽다. 영춘화와 개나리 모두 쨍한 노란색이고 잎보다 꽃이 먼저 피며 가지가 늘어진다. 계통 분류를 보면 둘 다 용담목 물푸레나무과에 속하니 친척뻘이다. 꽃을 자세히 보면 영춘화는 꽃잎이 여섯 장이지만 개나리는 꽃받침에 꽃잎이 통으로 붙어 있다가 중간부터 네 개로 갈라지는 점이 다르다. 이곳 방식꽃예술원 입구의 영춘화는 성곽 아래 계단의 빛을 온통 흡수해 일찌감치 봄을 알린다. 3월의 잿빛 골목에서 작은 나팔처럼 젖혀진 영춘화를 보면 안심이 된다. 봄은 올해도 약속을 지키고 왔구나.

그다음은 4월의 병아리꽃나무다. 방식꽃예술원에서 다시 계단을 올라가 성곽을 끼고 왼쪽으로 돌면 한양도성 혜화동 전시안내센터가 보인다. 적산가옥이었지만 대법원

3월, 봄을 알리는
성북동 방식꽃예술원의 영춘화 폭포

장 공관이 되었다가 2013년까지 서울시장 공관으로 사용된 건물이다. 이 건물에는 아담한 마당이 딸려 있다. 주 출입구 주위에 모란과 작약이 배턴 터치를 하듯 피어나 봄이 절정에 달하는 5월 내내 들르기 좋다. 연이어 6월에는 산수국도 피어서 장마철에 접어들기 전까지 일주일에 한두 번은 들락거렸는데, 4월의 주인공 병아리꽃나무도 있다는 사실은 최근에 알았다. 모란이나 산수국에 밀리지 않는, 앙증맞고 깜찍한 꽃이다. 연초록빛 주름진 잎사귀 위에 살포시 놓인 하얀 꽃송이가 건물 주위에 가득하다. 센터를 관리하는 분께 꽃의 이름을 듣고 무릎을 탁 칠 수밖에 없었다. 누가 이름을 붙였는지 모르지만 탁월한 작명이다. 병아리꽃나무의 발랄한 귀여움에 중독되면 꽃을 좋아하는 지인들에게 구경을 오라고 사진을 뿌리지 않을 수 없다.

다시 성곽길로 돌아온다. 성곽은 잠시 끊어졌다가 경신고등학교 담장 밑에서 또 나타난다. 그 담장 아래 골목길로 내려가면 최순우 옛집이 있다. 한국내셔널트러스트 1호 시민문화유산으로, 1970년대에 미술사학자 최순우 선생이 살았던 한옥이다. 이 집이 으리으리한 99칸 고대광실이었다면 한 번 구경하고 말았을 것이다. 집은 ㄱ자의 안채와 ㄴ자의 바깥채가 맞물린 구조로 단출하다. '고졸한 아취'라는 수식어를 붙일 수 있는 집이라 자주 찾는데, 찾을 때마다 조금씩 다른 모습을 보여주는 식물들이 있어서 더 매력적이다. 특히 안마당의 모란은 수령이 오래된 데다 가꾸는 사람의 정성 어린 손길까지 더해져 4월 중순이면 한껏 크고 화려하게 피어난다.

'모란이 뚝뚝 떨어져 버린 날' 이 집에 들르면 '찬란한 슬픔의 봄'의 역설을 제대로 체험할 수 있다. 모란은 지고 있지만 시든 모란에 대한 아쉬움은 1초 만에 사라지기 때문이다. 모란 바로 옆에서 노란 폭죽이 터지듯 노랑해당화의 대향연이 펼쳐진다. 줄기에 빼곡하게 매달린 노란 꽃송이들은 안마당을 환히 밝힌다. 잎사귀 모양이나 줄기의 가시, 꽃의 크기를 볼 때 찔레꽃이 아닐까 생각했지만 희고 담백하고 수수한 찔레꽃에 비해 이 꽃은 꽃송이 가득 겹겹이 노란 꽃잎이 들어차 노란 덩굴장미를 축소해 놓은 듯 훨씬 화려하고 화사하다. 안채 마루에 걸터앉아 노란 꽃 무더기를 바라보면 세상 근심 걱정이 다 녹아버린다. 이것이 '꽃멍'인가? 꽃구경을 마치고 집에 돌아와 검색을 했다. 노랑해당화는 향기가 아찔하단다. KF94 마스크로 중무장을 했으니 향기를

성북동 최순우옛집 마당에서
봄의 절정을 달리는 노랑해당화

맡을 생각은 하지 못했다. 꽃구경은 돌고 돌아 '찬란한 슬픔의 봄'으로 남았다. 하지만 봄은 또 돌아오니까, 다음 식물을 소환하자.

최순우 옛집에서 언덕을 넘어 성균관대학교 방향으로 발걸음을 돌린다. 성균관의 명륜당과 대성전 안뜰에는 은행나무 외에도 오랜 시간을 버텨낸 나무들이 많이 있다. 그중에서도 명륜당 오른쪽에 심긴 명자나무는 유난히 시선을 끈다. 키가 높게 크는 나무를 교목(큰키나무)이라고 하고 상대적으로 키가 작은 나무를 관목(작은키나무)이라고 한다. 관목은 대략 2미터 이내로 사람보다 크지 않다. 중심 줄기가 분명하지 않고 땅속에서 줄기가 여러 갈래로 갈라져 나와 자란다. 이 명자나무도 식물 분류상으로는 관목이지만 관목이 어디까지 클 수 있는지 보여주는 관목의 '끝판왕'이랄까, 내 키를 훌쩍 넘긴 수십 개의 나뭇가지가 방사형으로 뻗쳐 있다. 나는 아직까지 성균관의 명자나무만큼 크고 무성한 명자나무를 본 적이 없다.

명자나무의 꽃을 산당화라고 부르며, 흰색은 단아하고 분홍색은 발랄하고 진홍색은 강렬하다. 성균관의 산당화는 진홍색이라 4월 중순에 만개하면 거대한 빨강, 'Be the Reds'

가 된다. 아, 대한민국! 한복을 곱게 차려입은 어린이들이 꽃 그늘 아래에 옹기종기 모여 논다. 단체로 예절학교에 참석하러 왔나 보다. 꽃과 어린이들이 어우러진 성균관 안뜰은 박제된 과거의 유산이 아니라 살아 숨쉬는 오늘의 마당이다.

이제 명자나무 맞은편에 한여름의 아름드리 느티나무가 보인다. 이 나무 아래는 마실 나오신 동네 할머니들 차지다. 가지가 워낙 무성하고 잎도 많아서 여름날 오후의 더위를 충분히 피하고도 남을 그늘이다. 할머니들이 안 계시는 날이면 나무 아래에 놓인 돌덩이에 잠시 앉는다. 200년 전 이 나무 밑에서 정약용도 더위를 식혔을까? 읽고 쓰는 일에만 집중했던 조선의 유생들을 생각하면 질투가 난다. 그런다고 안풀리는 글이 저절로 써지지는 않는 법. 사람의 말소리도, 자동차 엔진 소리도 들리지 않는 그늘에서 생각을 비우고 그저 머문다.

어느새 가을이 되어 느티나무 잎이 붉게 물들어 떨어지기 시작하면 성균관은 갑작스럽게 붐빈다. 여름 내내 고즈넉하던 공간이 은행나무의 노란 변신으로 관광지가 되어 버리니, 단풍철에는 사진을 찍으러 들를 뿐 오래 머물지 않는다. 이럴 때는 명륜당 뒤쪽 향문으로 나가 비교적 한적한 성

성균관 명자나무도,
그 아래 모인 어린이들도
모두 알록달록하다.

11월, 절정의 노랑을 맞은 성균관 은행나무들

균관대학교 캠퍼스로 넘어간다. 식물을 보러 자주 오가다 보니 나도 모르게 이 학교에 정이 들어 버렸다. 학부생으로 입학해 초빙교수로 일하고 있는 지인은 교내에 수수꽃다리가 어디 있는지 모르지만 나는 알고 있다. 600주년 기념관 맞은편 화단에 숨어 있는 그 수수꽃다리 잎이 붉게 물든다는 사실은 올해 가을에 비로소 알았다. 내년에는 수수꽃다리의 또 어떤 면모를 발견하게 될까?

600주년 기념관 왼쪽에는 중앙학술정보관으로 연결되는 계단이 있는데, 계단 양옆으로 단풍나무가 터널을 이루듯 우거져 가을이면 꼭 한 번 들른다. 계단 입구에는 이 학교 출신인 민주 투사 이윤성, 김귀정 열사의 추모비가 각각 좌우에 놓여 있다. 계단 끝에는 성균관대학교의 설립자인 항일 투사 심산 김창숙 선생의 동상이 있다. 대한민국 임시정부와 의열단에 자금을 댔다는 죄목으로 체포되어 극심한 고문을 당해 선생은 두 발로 걷지 못하게 되었다. 동상 제작자는 선생을 두루마기 펄럭이며 오른손을 높이 치켜든 모습으로 세워 놓았다. 동상 주변에는 온통 산수유나무라, 투사들의 계단길은 알알이 핏빛 붉은 열매로 그 마지막을 장식한다.

중앙학술정보관 맞은편은 잔디밭이다. 일명 '금잔디

광장'인데, 이 광장 옆에 심긴 벚나무들은 단풍이 무척 곱게 든다. 봄에는 흩날리는 흰 벚꽃길이었는데 가을에는 언제 그랬냐는 듯 붉은 카펫 길로 바뀐다.

단풍은 엽록소 합성이 끝나는 무렵 원래 잎에 들어 있던 색소가 드러나는 현상이다. 노란색 또는 주황색 계열의 단풍은 크산토필과 카로티노이드가, 갈색 단풍은 타닌이 각각 나타난다. 반면에 붉은색 단풍은 이 즈음 안토시아닌이 새로 만들어지면서 생긴다. 안토시아닌은 잎에 축적된 녹말이 많을수록 잘 생성된다고 한다. 2021년 가을처럼 난데없이 며칠씩 비가 퍼붓고 급작스럽게 추워지면 녹말 생성이 줄어드니, 붉은색 계열의 단풍은 노란색 계열보다 날씨에 따라 들쭉날쭉할 수밖에 없다. 같은 느티나무라도 노랗게 물드는 나무가 있는가 하면 붉게 물드는 나무도 있는데 개체 고유의 색이 달라서이기도 하지만 이 원리에 따라 색의 변화가 이루어진다고 한다. 한 벚나무에서 노란 잎, 붉은 잎, 노랑에서 빨강으로 번져 나가는 잎이 보이는 것도 얼추 이렇게 이해할 수 있다.

11월 말로 접어들면 이른 아침 기온이 영하로 떨어진다. 상점 앞에 내놓았던 화분들은 길에서 자취를 감춘다. 밖에 나가 산책을 하고 싶다는 마음도 바람 빠진 풍선처럼 훅 쪼그라든다. 거리에는 젓가락과 다를 바 없는 뻣뻣한 나뭇가지들만 눈에 뜨인다. 방바닥에 드러누워 어서 겨울이 가기만 바랄 밖에. 그런데 식물에 관심이 짙어지면서 이 계절에만 누릴 수 있는 한정판 '관찰잼'이 있다는 사실을 알았다.

겨울은 식물의 수형을 관찰하는 계절이다. 잎이 떨어지고 없으므로 내 키의 몇 배를 넘는 교목들의 가지가 어떻게 뻗어 나가는지 제대로 살펴볼 수 있다. 가지를 관찰할 때는 관찰 대상만큼이나 관찰할 위치도 중요하다. 나무를 찬찬히 볼 수 있는 유리창이 있으면 좋다. 엽서 크기의 스케치북과 연필, 지우개를 챙겨서 점찍은 나무가 잘 보이는 카페 창가에 앉는다. 따뜻하고 달콤한 아인슈페너를 마시며 천천히 나무의 모습을 종이에 옮기는 동안 발뒤꿈치까지 따라붙었던 우울한 기운은 슬며시 옅어진다.

한겨울이어도 바람이 불지 않고 쨍한 날이 있다. 눈이 퍼붓고 난 뒤 맑게 갠 다음날은 몸에 걸칠 수 있는 옷이란 옷은 다 껴입고 밖으로 나간다. 수피와 겨울눈을 관찰하기 위해서다. 봄부터 가을까지 잎과 꽃과 열매를 보느라 안중에도 없던 식물의 줄기를 살필 차례다. 꿩 대신 닭이 아니라 꽃

대신 줄기다. 자세히 들여다보면 줄기를 감싸고 있는 수피는 색깔과 무늬가 각기 다르다. 수피가 갈라지고 벗겨지는 모양도 식물들 나름의 개성이다. 초보 관찰자의 눈에는 자작나무의 흰 수피만 특별하게 눈에 들어오지만 꾸준히 관찰하다 보면 오래된 느티나무의 수피가 초승달 모양으로 휘어져 줄기에서 떨어지려는 모습도 보인다. 눈높이보다 낮게 달린 겨울눈도 들여다보는 재미가 있다. 수첩 크기의《겨울눈 도감》을 점퍼 주머니에 넣고 동네를 한 바퀴 돌면 전에는 보이지 않던 식물이 보인다. 잎이 무성했을 때는 알아보지 못했던, 붉은 줄기에 흰 껍질눈이 붙은 흰말채나무를 발견하면 신이 난다.

마법의 힘을 빌려 봄부터 겨울까지 담담하게 제 몫의 삶을 감당하는 식물들을 소환하니 자연스럽게 한 해를 돌아보게 된다. 하루에도 몇 번씩 생각이 왔다 갔다 하는 인간을 식물과 비교해 보았자 본전도 못 건진다. 식물은 계절의 변화에 따라 고독한 수도승처럼 묵묵히 정해진 패턴을 반복한다. 수업 시간에 학생들에게 이런 나무의 모습을 그린 이양하의 수필 〈나무〉를 읽어준 적이 있다. 식물과 나무에 별 관심이 없는 학생들이었는데, 차마 대놓고 말하진 않았지만 '식물맹'

들일 거라고 생각했는데, 1960년대 수필에 구절구절 고개를 끄덕이는 모습에 내심 놀랐다. 식물은 사람을 숙연하게 만든다. 늦가을, 마른 풀과 잎사귀를 다 털어버린 나뭇가지와 마주하는 공간은 종교적인 장소가 된다.

나를 돌아보는 시간이 얼마나 지났을까, 스마트폰 알람이 울리더니 계절이 다시 바뀌었다. 교회 신부님이 보내신 사진을 보자마자 온몸에 이른 봄기운이 퍼져 근질근질, 가만히 있을 수가 없다. 동네 식물 대잔치의 대미를 장식하러 서울대학교 병원 근처의 성공회 대학로 교회 옥상으로 올라간다. 반경 1킬로미터 안에서 제일 먼저 피는 매화다. 마법은 끝났지만 매화 향기가 가득해 마음은 충만하다. 햇빛이 가득한 옥상 정원에 손톱만 한 봄이 도착했다.

주는 정성
받는 괴로움

––––––––––––––––––––   식물을 선물한다는 것

나에게는 식물 살해 1급 면허가 있다. 선인장과 다육
식물처럼 남들이 어지간해서는 죽이지 않는 식물도 저세상
으로 여럿 보냈으니 잎이 얇은 식물은 더 말할 필요도 없다.
아마 저승 입구에는 지금까지 내가 내려보낸 각종 식물들이
화환처럼 양쪽으로 빽빽하게 줄지어 서 있을 거다.

자칭 식물 애호가라면서 이런 과거를 밝히려니 부끄럽
다. 내 식물 살해의 역사는 적게 잡아도 10년 이상으로 거슬
러 올라간다. 육아에 전념하며 무척 분주하던 때였다. 자는
시간을 빼고는 온종일 움직이는 자식들의 뒤꽁무니를 쫓아
다니며 살았다. 그런 와중에 집에 식물을 들였다. 내 집 거실
에도 남의 집처럼 푸릇푸릇한 화분이 서너 개 있으면 좋겠
다 싶었다. 그때는 식물을 참 쉽게 생각했다. '물만 주면 알

아서 크는 게 식물이지 뭘.' 하지만 나는 물주기를 번번이 잊어버렸고, 반짝이던 이파리들은 누렇게 변하기 일쑤였다. 그런데다 식물을 좋아하는 엄마가 계속 새 화분을 갖다 주셨다. 자식들이 쑥쑥 크는 동안 식물은 종류를 바꿔가며 계속 죽어나갔다.

30년 지기 친구 L에게 작은 수국 화분을 선물로 받은 적이 있다. 어머, 내가 수국 좋아하는 줄 어떻게 알았대? L도 수국을 좋아한다고, 수국 화분을 사면서 내 것도 하나 더 샀다고 했다. 생각지도 못한 꽃 선물을 받아서 기분이 좋았다. 길어야 일주일 버티면 최선인 절화가 아니라 뿌리가 붙어 있는 식물이라서 더 신이 났다. 한동안 수국을 볼 수 있겠지? 보름달처럼 탐스러운 꽃송이를 볼 때마다 나도 모르게 입꼬리가 둥실둥실 떠올랐다.

며칠 뒤, 집에 들르신 엄마가 수국 화분을 보셨다.

"수국은 물을 자주 줘야 하는데…."

이 말은, 내가 수국을 죽일까 봐 걱정된다는 뜻이렷다. 흥, 물주기가 별건가. 나는 엄마의 말을 귓등으로 들었다. 하지만 엄마의 예언은 좀처럼 틀리는 법이 없다.

예언이 이루어지는 데는 한 달도 걸리지 않았다. 세 아이 뒤치다꺼리를 하다가 며칠 동안 수국 화분에 물 주는 걸 잊어버렸다. 싱크대 수전처럼 확 꺾여버린 꽃대를 발견했을 때는 이미 늦었다. 심폐소생술을 하듯 대야에 물을 받아 화분을 넣고 저면관수를 실시했으나 뒤늦은 응급처치로는 수국을 살릴 수 없었다.

수국에 사망 선고를 내리고 좀 억울한 기분이 들어서 검색을 했다. 도대체 물을 얼마나 '자주' 줘야 했던 거야? 그 자주가 '매일'인 줄은 정말 몰랐다. 설마 수국의 '수'가 물 수水인 건가? 때늦은 설마가 사람, 아니 수국을 잡았다. 수국의 학명에 들어가는 하이드란지아*hydrangea*라는 말은 라틴어로 물을 담는 그릇이라는 뜻이란다. '수국아, 미안해. 너를 죽음으로 인도한 장본인이 이런 말을 할 자격은 없지만, 너도 알다시피 나는 식물 살해 1급 면허가 있는 사람이잖아. 네가 우리 집에 온 순간부터 이건 정해진 결말이었다고.' 저 세상으로 자리를 옮긴 수국에 삼가 조의를 표하면서 내 죄책감도 덜고 싶어서 이런저런 넋두리를 늘어놓았다.

식물을 잘 키우려면 고유한 특성을 알고, 자세히 들여다보고, 상태를 파악해야 한다. 그런 뒤에 식물이 필요로 하는 것(물, 빛, 신선한 공기, 적절한 양분)을 제공해야 하는데, 당연히 이 모든 과정에는 시간과 정성이 따른다. 세상 그 무엇도 쉽고 만만하게 여기면 안 되는데, 식물을 홀대한 죄가 크다. 내 죄과를 겨우 깨달은 즈음에야 비로소 식물을 좋아하게 되었다. 이제는 식물에 대해 관심이 많아졌으니 잘 키울 수 있겠지?

물을 주지 않아서 죽은 과거의 식물들을 떠올리며 물, 물, 물, 자나 깨나 물조심, 열심히 물을 주었다. 그런데 결과는 마찬가지였다. 도대체 뭐가 문제지?

"과습이 더 문제야."

여동생이 한 마디로 답을 주었다. 식물 키우기가 취미인 여동생은 저마다 개성을 뽐내는 관엽식물 화분을 스무 개나 돌보고 있다. 십여 년 전 신혼집에서 키우기 시작한 식물도 잘 자라고 있으니 나로서는 우러러 볼 수밖에. 여동생은 식물에 물을 덜 주어서 죽이는 경우보다 물을 많이 주어서 죽이는 경우가 더 많다고 했다.

"덜 주지도, 더 주지도 않으려면 어떻게 해야 하는데?"

"적당히 줘야지."

아, 세상에서 제일 어려운 '적당히'의 법칙이 식물에게도 적용된다니, 나는 안 되겠구나 싶었다. 차라리 식물을 좋아하지만 잘 키우지는 못한다는 사실을 받아들이기로 했다. 식물 킬러에게도 맹아萌芽만큼의 양심은 있으니, 단골 꽃가게에 새로 들어온 아글라오네마 잎의 현란한 무늬에 혹해도 집에 데려오지 않는다.

식물에 대한 지식이 조금씩 쌓여 갈수록, 과거의 만행이 떠올라 뒤늦게 얼굴을 붉히곤 한다. 국화를 좋아하는 지인에게 선물을 하려고 단골 꽃가게에 들렀다. 사장님이 국화 화분에 리본을 묶으면서 나지막하게 말씀하셨다.

"국화 화분도 잘 돌보면 내년에도 꽃이 피어요."

"국화가요? 국화는 한 철 피고 지면 끝이잖아요."

"아니에요. 관리하기가 어려워서 그렇죠."

"관리를 어떻게 해야 하는데요?"

"짬짬이 물을 주면서…."

가을마다 아파트 정문 앞 가마솥만한 원형 화분에 국화를 심었다가 시들면 뽑아 버리는 모습에 익숙해졌기 때문일까? 국화가 여러해살이 풀이라는 꽃가게 사장님 말씀이 믿기지 않았다. 지난 가을 화담숲에 단풍 구경을 갔다가 붉은 국화에 꽂혔다. 여동생에게 부탁해서 국화 화분을 두 개 샀는데 꽃이 지고 난 뒤에 미련 없이 버렸던 일이 떠올랐다.

식물 애호가라면서 생명을 소중하게 다루지 않았으니 민망하고 민망했다.

나처럼 식물을 좋아하지만 식물을 직접 가꿀 자신이 없는 사람에게 말해주고 싶다. 식물 애호를 꼭 직접 키워냄으로써 증명할 필요는 없다. 고양이를 키울 수 없다고 고양이를 좋아하는 마음까지 접을 필요는 없는 것처럼 말이다. 우연히 만날 고양이를 생각해 외투 주머니에 간식을 넣고 나가듯 의외의 장소에서 마주칠 식물을 자세히 보기 위해 루페를 챙기는 걸로 충분하다.

그래서 식물을 선물로 받으면 마음이 복잡해진다. 살아 있는 식물이 집에 들어오면 잠자던 욕심이 다시 발동한다. 거기에 부담감까지 더해진다. 상대방의 마음과 정성이 깃든 선물이니 (있지도 않은) 능력 이상을 발휘해 더 잘 키우고 싶다. 선물을 주는 사람은 알 수도 없고 의도한 적은 더더욱 없는 모종의 부담감이다.

2019년 가을에 친구와 작업실을 얻었다. 하던 일을 중단하고 10년 가까이 가사·육아노동자로 지낸 것도 속상했지만 그 세월을 흘려보내지 못하고 똑같은 한탄을 반복하는 내 모습이 더 지겨웠다. 제자리에서 맴돌지 말고 앞으로 나가자는 뜻에서 작업실을 마련하기로 했다. 당시에는 열심히 습작을 쓰는 처지였을 뿐, 책 한 권 출간한 이력도 없었기 때문에 꼬박꼬박 월세를 내기가 부담스러웠다. 용돈 지출을 줄이고 카페 근처에는 얼씬도 하지 않으면서 지지리 궁상을 최대치로 떨겠다고 마음 먹고 계약을 했다. 작업실을 배수의 진으로 삼아 어떻게든 읽을 만한 글을 뽑아내겠다고 결의를 다졌다.

집과 작업실을 부지런히 오가며 보름쯤 지났을 무렵, 작업실 문 앞에 떡 버티고 있는 화분을 발견했다. 하얀 도자기 화분에 심긴 식물은 '해피트리'라는 유통명으로 더 알려진 헤테로파낙스 프라그란스*Heteropanax fragrans*였다. 160센티미터 정도 되는 키에 가지마다 반짝이는 초록색 잎사귀를 풍성하게 달고 있었다. 작업실을 얻었다는 소식을 들은 후배 D가 보낸 크고 반짝이는 축하였다. 그런데 작업실 한쪽에 자리를 잡은 해피트리를 보고 있자니 고마움과 함께 또다시 불안감이 엄습했다. 작업실은 햇빛이 잘 안 드는 데다 창문을 열어도 바짝 붙은 옆 건물 때문에 맞바람이 통하지 않는 구조였다. 이런 공간에서 식물이 과연 잘 살 수 있을지 의문이었다.

아니나 다를까, 해피트리는 한 잎 두 잎 천천히 잎을 떨구기 시작했다. 사계절 내내 반짝거리는 초록 잎사귀를 뽐내며 온몸으로 행복을 자랑할 팔자를 타고 났지만 주인을 잘못 만나 〈마지막 잎새〉의 담쟁이덩굴 같은 처지가 되었다. 담쟁이는 잎을 떨궈도 내년 봄이면 새잎이 나지만, 이 해피트리는 마지막 잎을 떨구는 날이 생의 최후의 날이 될 것 같은데…. 식물을 잘 키우는 작업실 친구와 합세해 어떻게든 행복한 나무로 만들어 주려고 애를 썼지만 소용이 없었다. 아침마다 우수수 떨어진 잎사귀를 빗자루로 주워 담는 날이 계속되더니 결국 마지막 한 잎까지 남김없이 지고 말았다.

괜스레 D를 탓하고 싶어졌다. '식물을 보낼 거면 미리 물어봤어야지, 생명이 있는 걸 무턱대고 떠안기면 어쩌라는 거야? 아니지. 선물한 사람에게 무슨 잘못이 있어. "제발 식물을 선물하지 말아 주세요"라고 이마에 써 붙이고 다니지 않은 내 잘못이지.' 이참에 식물을 좋아하지만 잘 죽이는 나 같은 사람들을 위해 '화분 선물하지 말기 운동'이라도 결성해야겠다고, 결성과 동시에 원예 농가의 지탄을 받을 테니까 나 혼자 유일한 회원이 되어야겠다고, 뼈다귀 같은 줄기만 남은 해피트리를 화분에서 뽑아내며 구시렁거렸다.

되짚어 보면 나도 뿌리가 붙어 있는 식물을 선물한 적

이 꽤 많았다. 식물을 선물하면서 '반드시 잘 키워야 해!' 같은 당부의 말 따위는 하지 않았다. 주는 사람은 기쁜 마음으로 화분을 건넬 뿐, 부담을 주려는 의도는 없다. 하지만 살아있는 존재가 삶의 영역으로 들어오면 자연스럽게 그 생명을 유지할 책임이 따라붙는다. 생일, 개업, 승진에 식물을 보내는 문화가 자리를 잡은 지 오래지만, 한번쯤은 생각해 볼 일이다. 구피나 햄스터, 고양이를 선물할 생각은 꿈에도 하지않으면서 식물은 부담 없이 보내다니, 식물이 만만하고 쉬운생명 취급을 받는 것 같아 속상하다.

생명은 살아있는 동안 끊임없이 요구를 한다. 동물은움직이고 소리를 내고 냄새를 풍기면서 자신의 요구에 응답하라고 압박한다. 밥숟가락을 내려놓은 지 한 시간도 안 지났는데 오늘 저녁으로 뭘 먹냐고 묻는 자식들, 발밑에 장난감을 툭 던지고 얼른 집어서 흔들라고 시위를 하는 고양이. 그런데 식물은 그냥 제 자리에 서 있다. 하지만 움직임이나소리, 냄새가 없다고 요구가 없는 건 아니다. 우아하고 점잖게 요구할 뿐이다. 하지만 나는 그 요구에 번번이 제대로 응답해 주지 못했다.

이런 생각을 하다 보면 나처럼 식물을 잘 키우지 못하

는 사람은 이미 죽은 거나 마찬가지인 꽃다발만 감사히 받고 식물 화분은 정중히 거절해야 한다는 결론에 이른다. 하지만 선물을 거절할 수도 없고, 방법이 없을까?

동네 친구 S가 식물을 키우는 재미에 푹 빠졌다. 집에 화분을 하나씩 들이기 시작했는데 정신을 차려보니 식물원이 되었다며, 나에게 화분을 하나 나눠 주었다. 살리느냐 죽이느냐 그것이 문제로다! 선물을 받아서 기쁜 마음과 함께 저승사자의 기운이 퍼져나가려는 찰나, 나 같은 사람에겐 수경재배가 맞는다는 이야기를 귀동냥으로 들었던 일이 기억났다. 받은 화분으로 실험을 해 볼까? 내가 받은 식물은 셀로움, 셀렘, 호프셀렘 등의 유통명으로 불리는 필로덴드론 셀로움*Philodendron selloum*이었다. 검색해 보니 수경재배가 가능했다. 그래, 이제 물고문은 끝이다!

신문지를 두 겹으로 펴고 식물을 화분에서 빼냈다. 뿌리에 붙은 흙을 조심스럽게 탈탈 털고 물로 씻었다. 버섯전골 육수를 낸답시고 대파 뿌리의 흙을 씻다가 씻어도 씻어도 끝이 안 나서 진저리를 친 적이 있었는데, 파 뿌리의 열 배쯤 되는 셀로움의 뿌리를 씻자니 포기하고 싶은 순간이 열 번쯤 닥쳤지만 끝까지 싱크대에 매달려 버렸다. 넓은 유

셀로움도 워터코인도 물에 들어갔으니
나도 민트 넣은 모히또 한 잔!

리병에 물을 채우고 셀로움을 담그자 묘한 안도감이 들었다. '이제 목이 말라서 죽는 일도, 과습으로 죽는 일도 없을 거야.' 다행히 줄기 사이에서 돌돌 말린 새잎이 돋아나는 걸 3년째 지켜 보는 중이다. 셀로움을 선물로 받았을 때도 기뻤지만 셀로움을 죽이지 않아서 매일 새롭게 기쁘다.

하지만 수경재배도 만능 답안은 아니었다. 수경재배에 꽂힌 무렵에 워터코인을 샀다. 동전처럼 동글동글한 잎사귀가 가득해서 보기만 해도 기분이 좋아지는 식물이었다. '워터'코인의 유통명과 학명('하이드로'코틸레 움벨라타*Hydrocotyle umbellata*) 모두 물을 좋아하는 식물의 특성을 나타내고 있으니 아낌없이 물을 팍팍 쥐야겠다고 마음먹었다. 셀로움과 같은 방식으로 뿌리의 흙을 다 털어냈다. 넓적하고 흰 사기그릇에 물을 담고 워터코인을 넣으니 보기만 해도 싱그러웠다. 물을 좋아하는 식물이 물에 들어갔으니 영생을 누리겠지! 하지만 물 걱정 없는 세상으로 자리를 옮긴 워터코인은 예상과 달리 점점 생기를 잃어갔다. 물에 녹아버린 잎을 건져내며 뭐가 잘못되었는지 갸우뚱거리는 사이에 워터코인은 수장水葬되고 말았다.

그 일이 있고 나서 좋아하고 존경하는 K에게 워터코인

을 선물로 받았을 때 뭔가 섬뜩한 기분이 들었다. 내가 저세상으로 보낸 워터코인이 다시 돌아온 듯했다. 이 워터코인마저 죽이면 연쇄살'식'범으로 낙인이 찍혀 천국 문 앞에서 입장을 거부당하는 건 아닐지. 매일 아침 일어나면 워터코인에 물을 주고 하루를 시작했다.

지성이면 감천이라더니, 두 계절을 무사히 보낸 워터코인에서 꽃이 피었다. 좁쌀만 한 꽃을 발견한 아침, 신이 나서 K에게 문자를 보냈다. 꽃이 피었어요! 내가 키운 식물에서 꽃이 필 수도 있다는 사실이 감격스러웠다. 하지만 한여름 더위에 방학을 맞은 자식들의 밥을 챙기느라 지치고 정신없는 와중에 또 워터코인을 지나치고 말았다. 무성했던 초록 동전들은 누렇게 변해버린 뒤였다.

얼마 전, 친구 Y와 이야기를 나누다가 잊었던 식물의 존재를 확인했다.

"네가 해외 이사하면서 준 화분, 아직도 우리 집에서 잘 자라고 있어." Y에게 이 말을 들었을 때 순간 멍해진 정도가 아니라 당황스러웠다. 내가 화분을 줬다고?

10년 전에 남편의 해외 발령으로 이삿짐을 꾸렸다. 컨테이너 이사를 해야 하므로 굳이 가져갈 필요가 없는 물건은 팔거나 버렸다. 하지만 식물은 그럴 수가 없었다. 뭐든 잘 키우고 돌보는 엄마에게 대부분의 화분을 맡겼다. Y의 남편은 내가 아는 사람 중에서 가장 식물을 잘 가꾸는 사람이라 화분을 줬나 보다 짐작할 뿐, 어떤 식물을 줬는지 기억나지 않았다. Y가 보여준 사진 속에는 주름이나 굴곡이 하나도 없이 빳빳하고 탄탄한 잎사귀가 무성한 뱅갈고무나무가 베란다에 놓여 있었다. 건강미가 넘치다 못해 너무 청청해서 베란다의 수호신과 같은 위엄이 느껴졌다고나 할까? 식물을 잘 돌보는 사람이 10년을 애지중지한 실체를 대면하니 우리 집 거실에서 목숨만 부지하고 있는 뱅갈고무나무에게 급작스레 미안해졌다.

처음부터 식물을 잘 키우는 사람은 없고, 하나둘 죽이다 보면 잘 키우게 된다지만, 나는 아무래도 아닌 것 같다. 더는 식물을 새로 들이지 않고 지금 집에 있는 식물이 제 수명을 다할 때까지 성의껏 돌보며 속죄를 하는 수밖에. 앞으로는 누군가 화분을 선물하겠다고 하면 온몸의 용기를 끌어 모아 정중히 거절하련다. 식물은 상품이기 이전에 생명이니까.

같이 나무를 바라볼
친구가 있나요

함께 떠난 식물 여행

꽃 피는 봄날, 친구들을 만나러 수원에 갔다. 다들 사느라 바빠서 얼굴 볼 시간을 내기가 어려워 점심시간에라도 보자고 한 만남이었다. 벚꽃이 뭉게뭉게 핀 길을 걸어서 약속 장소에 도착해 친구들과 즐겁게 이야기를 나누면서 중국 음식을 먹었다. 회사로 돌아가야 하는 Y는 아쉽지만 돌려보내고, 시간 여유가 좀 더 있는 P와 봄날의 오후를 살짝 누리기로 했다.

"날이 좋으니까 걷자. 혹시 이 근처에 큰 나무가 있을까?"

"음… 나무라. 나무가 한 그루 있긴 하지."

뜬금없이 무슨 나무냐고, 묻지도 따지지도 않고 P는 나를 안내했다. 2017년 봄, 식물에 막 관심이 생기기 시작한 즈

176

음이었는데, 낯선 장소를 방문하면 눈에 뜨이는 식물이 있을까 싶어서 주변을 살펴보곤 했다. 친절한 친구 덕분에 태어나 처음 와 본 수원 영통에서도 특별한 식물을 만날 수 있다니, 일석이조인 셈이었다.

우리는 상가와 아파트가 줄지어 서 있는 길가를 걸었다. 큰 나무가 등장할 분위기는 아니라고 생각했는데, 갑자기 시야가 확 트이면서 작은 공원이 나왔다. 공원 한가운데에는 정말 큰 나무가 있었다. 느티나무였다. 키가 큰 건 물론이고 세 아름도 넘을 것 같은 줄기며 사방으로 뻗친 가지의 모양새가 예사롭지 않았다. 철제 울타리를 두른 나무 앞에는 안내문도 붙어 있었다. 1982년에 경기-수원-11호 보호수로 지정되었을 당시 기준으로 수령이 500년이라고 적혀 있었지만 늙은 나무라는 느낌은 별로 들지 않았다. 울타리를 둘러놓지 않았다면 가지를 붙잡고 올라가 보고 싶을 정도로 수형이 안정적이었다. 가지마다 봄기운 가득한 연두색 잎이 줄줄이 달린 것이 장관이었다. 나무는 봄을 맞아 새로 태어나고 있었다.

수원 화성을 축조할 때 이 나무의 가지로 서까래를 만들었다고 하며, 나무와 인접한 교차로 이름도 '느티나무 사거리'일 정도다. 영통의 당산나무로 손색이 없다 싶었는데 실제로 단옷날에 이 나무 앞에서 당제도 지낸다고 한다. 영험한 나무 어르신은 단오어린이공원에서 즐겁게 뛰어노는 어린이들과 오가는 동네 주민들 사이에서 묵묵히 서 있을 뿐이다. 하지만 이 나무가 제 자리를 잘 지키기만 해도 동네 사람들은 안정감을 느낄 것이다.

뭘 특별히 하지 않아도 존재 자체만으로 힘이 되는 사람이 있다. P는 내게 그런 친구다. 나는 P와 나무 앞 벤치에 나란히 앉았다. 별 말 없이 나무만 바라보는데도 좋았다. 큰 나무 앞에서 나무 같은 친구와 보낸 봄날의 오후는 나른하고 편안했다.

그날의 기억을 간직하고 싶어서 P를 세워놓고 사진을 찍었다. 느티나무를 바라보는 P의 뒷모습은 지금도 내 노트북에 저장되어 있지만 느티나무는 떠났다. 2018년 6월 26일, 영통의 느티나무는 장맛비에 부러졌다. P에게 나무가 부러졌다는 소식을 전해 들었다. 500여 년을 거뜬히 견뎠지만 더는 버티기 어려워 우지끈 굉음을 내며 쓰러졌나 보다. 한반도에는 해마다 장마가 오고, 장맛비에 속이 빈 노거수가 쓰러지는 일도 종종 일어난다. 하지만 매일 집 앞을 오가며 보던 나무가 어느 날 갑자기 부재한다는 사실을 알게 되면 마음이 허전할 것 같다. 사람들은 줄기와 가지를 몽땅 잃은 영통 느티나무를 남겨두고 나무 밑동 주변에 노거수의 후계목을 심었다.

누구보다 독립적이고 주체적으로 삶을 살아간다고 우쭐대다가 초강력 태풍을 만나서 정신을 못 차렸던 적이 있었다. 청하지도 않은 조언과 충고에 숨 쉬기가 힘겨웠다. P는 과도한 걱정도 주제넘은 참견도 하지 않았다. 다행이라고, 잘하고 있다고, 응원한다고, 내가 간간이 보내는 문자에 담담하게 답하며 자신의 삶을 살아가는 친구다. P는 오늘도 어제와 다르지 않은 날을 보내고 있을 것이다. 눈을 뜨자마자 아이들 아침을 챙겨 먹이고, 산에 올랐다가 출근하고, 만나는 사람들을 친절하게 대하다가, 가족들이 모두 잠든 밤에 잠시 책을 들여다보며 하루를 마감하겠지. 한동일 작가가 《라틴어 수업》에서 인용해 유명해진 말, "당신이 잘 계신다면, 잘 되었네요. 나는 잘 지냅니다*Si vales bene est, ego valeo*"를 되뇔 때, '당신'의 자리에 P를 넣어 본다. P는 어떤 일이 닥쳐도 잘 지낼 수 있는 사람이라 그가 드리운 가지 밑에 잠시 머무르기만 해도 숨통이 트인다. 수원시 영통구 영통 1동 주민들은 모를 것이다. 진정한 영통의 느티나무 후계목은 그 자리에서 멀지 않은 곳에서 수학 학원을 운영하는 중년의 남자라는 사실을.

H와 여행을 갔다가 같이 본 식물도 내 장기 기억에 들어 있다. 대학 동기인 H는 미국에서 박사과정을 마치고 국책 연구 기관에 자리를 잡기까지 항상 근면·성실했다. 경력을 쌓으면서 두 아들도 잘 키워냈으니 H의 사전에는 '대충', '적당히' 같은 단어는 낄 자리가 없다. 2018년 새해 벽두에 연구 보고서를 마감하느라 초주검이 된 H를 만났다. 나는 나대로 딸이 큰 수술을 앞두고 있어 마음이 무거웠다. 각자 어깨에 진 짐은 무겁고, 쉴 수도 없고 놀 수도 없고 여행을 갈 수도 없고… 아니야. 그냥 가면 되잖아. '대충' 가방 챙겨서 '적당히' 가까운 일본이나 가면 되지! 정신을 차려보니 우리는 교토행 비행기를 타고 있었다.

2월 중순, 서울은 아직 패딩 점퍼를 벗을 수 없는 날씨지만 교토는 모직 코트로 충분할 듯했다. 급조된 여행이니 완벽하게 해야 한다는 부담은 없고, 여행 파트너는 오래 알아 온 친구이니 크게 부딪힐 일도 없으리라 믿으며 입국 수속을 했다. 이 여행의 목적은 교토라기보다는 2박 3일 동안 서울, 집, 일상을 떠나는 것이었다.

조용하고 고즈넉한 교토에서 맞은 여행의 마지막 날, 눈을 뜨자마자 오전 7시에 문을 여는 이노다 커피에 갔다. 모닝 세트를 남김없이 비우고, 소화시킬 겸 마지막 방문지인 도시샤 대학까지 걸어가기로 했다. 구글 지도를 보니 걸어서 30여 분 거리였다. 둘 다 걷는 걸 좋아하는 편이라 거리를 구경하며 천천히 걸음을 옮겼다. 15분쯤 걷다가 큰길을 건너니 교토고엔이 나왔다. 교토고엔은 교토의 옛 왕궁과 신사가 있는 큰 공원이다.

북적이는 관광 명소들과 달리 공원에는 오가는 사람이 별로 없었다. 처음에는 사람이 적어서 고즈넉하다고 생각했다. 하지만 더 깊이 들어갈수록 이 공간의 주인은 따로 있다는 느낌이 들었다. 공원은 거대하고 오래된 나무들의 차지였다. 지하철과 버스가 다니는 도심 한복판에 수백 그루의 나무들이 수백 년을 살고 있었다. 노란 납매 꽃봉오리가 유도등처럼 길을 인도했다. 서울보다 따뜻한 곳이라 벌써 납매가 피었다면, 혹시 매화도 피지 않았을까? 아침을 먹을 때만 해도 계획에 없었던 장소에서 매화를 만나게 될지 모른다는 갑작스러운 기대감에 심장이 빠르게 뛰었다. 남의 나라의 낯선 공원에서 매화를 찾아낼 수는 없지만, 매화가 향기로 나를 부를 수도 있다는 생각에 온몸의 신경을 코에 집중시키고 걸었다. 역시 납매는 예고편이었다. H와 나는 5미터가 훌쩍 넘는 매실나무를 만나고 말았다. 내가 눈으로 직접 본 매실나무 중에 가장 큰 나무였다. 사방으로 뻗은 가지마다 분홍빛 겹매화 꽃송이가 가득했고, 스치듯 내린 빗방울을 머금은 꽃봉오리들은 찬란하게 빛났다. H가 매화 향을 맡으려고 몸을 굽히는 순간을 놓치지 않고 셔터를 눌렀다.

공원을 나와 도시샤 대학으로 들어갔다. 이번 교토 여행의 마지막 코스다. 이 대학 캠퍼스에는 정지용과 윤동주의 시비詩碑가 있다. 붉은 벽돌 건물에 둘러싸인 대학 캠퍼스는 그리 넓지 않아서 두 시인의 시비를 어렵지 않게 찾을 수 있었다. 윤동주 시비에는 흰 카네이션이 수북이 놓여 있었다. 꽃들이 싱싱한 것으로 보아 추모 행사가 있었던 모양이다. 1945년 2월 16일 후쿠오카 형무소에서 27년의 짧은 생을 마감했으나 그의 시들은 오늘도 생생하게 살아있다. 그의 시는 행과 연마다 지치지 않는 반성과 성찰이 매화 향기처럼 감돈다. 그런데 어디선가 진짜 매화 향기가 났다. 그의 시비와 마주 보는 자리에 도시샤 대학 채플이 있는데, 그 입구에서 매화가 막 꽃을 피우고 있었다.

도시샤 대학 채플 앞 매실나무에
매화가 점점이 피기 시작했다.
친구가 찍은 사진이다.

나중에 알게 된 바, 도시샤 대학에서 공부한 이승신 님의 블로그에 따르면 이 매실나무들은 도시샤 대학 설립자 니시마 조의 정신과 철학을 기리기 위해 심은 나무라고 한다. 채플 옆에는 니시마 조의 매화 시비가 있다는데, 그 시비를 보고 오지 못한 게 아쉽다. 그의 시비에 적혀 있다는 시구는 다음과 같다. "찬 겨울 이겨낸 매화처럼 진리 또한 어려운 환경에도 그 꽃을 피워내리."

도시샤 대학 채플을 감싸고 도는 매화의 부드럽고 청신한 향은 어려운 환경에 굴하지 않은 사람들을 위로하는 향기였다. 짧은 여행은 행복했지만 다시 H는 여전히 연구 과제에 눌릴 테고 나는 안 써지는 글을 붙들고 진을 빼겠지. 삶은 별로 달라지지 않을 것이고 피할 도리도 없겠지. 다행히 매화는 봄마다 필 테고, 우리는 한나절 짬을 내어 매화 구경을 하고 다시 각자의 자리로 돌아가는 수밖에.

처음부터 끝까지 식물이 주인공인 여행을 떠나면 어떨까? 꽃을 좋아하는 친구와 함께라면 가능하겠다 싶었다. A는 당일치기로 제주도 여행을 다녀온 적이 몇 번 있다고 했다. 그러면 온종일 수국을 보러 돌아다니는 건 어떠냐고 물었는데 호응이 뜨거웠다. 2019년 여름, 아침 비행기를 타기 위해 A와 김포공항에서 만났다. 떠나요, 둘이서. 올레길이 아니라 수국길을 걸으러!

　　제주 공항에 내리니 우선 일상을 탈출했다는 기쁨에 얼씨구, 좋아하는 친구와 함께라서 절씨구, 하루종일 수국에 취할 생각에 지화자, 신이 나서 어깨춤이 절로 나왔다. 첫 번째 목적지는 절이다! 공항에서 렌터카로 20여 분을 달려 남국사에 도착했다. 차에서 내려 주위를 둘러봤지만, 건물은 보이지 않았다. 대신에 뾰족한 나무들이 우거진 오솔길이 펼쳐졌다. "법당 가는 길"이라고 적힌 푯말을 "숲 가는 길"로 읽어도 될 만큼 키 큰 나무들이 빽빽하게 줄지어 서 있고, 수국은 그 나무들 발치에서 막 피어나고 있었다. 탐스럽고 연푸른 꽃송이를 연등처럼 줄줄이 달고 길 입구에서 방문객들을 반기는 수국의 안내를 따라 호젓한 길을 걷는 동안, 속세의 먼지로 찌부러졌던 마음이 조금은 펴졌다.

　　남국사는 유서 깊은 절은 아니다. 오래된 탑이나 웅장한 불상을 자랑하는 절도 아니다. 하지만 크고 유명한 사찰에서 찾기 어려운 독특한 분위기가 감돈다. 절은 온통 초록에 둘러싸여 있다. 절 따로 정원 따로가 아니라 절 자체가 작은 정원이다. 작은 연못, 아담한 정자나무에 매어놓은 그네

남국사 법당 가는 길은 수국으로 무념무상.

까지 구석구석 소박하면서도 멋스럽다.

　남국사에 몇 시간이고 머물러도 좋을 것 같았지만 다음 목적지를 위해 자리에서 일어났다. 남국사가 애피타이저라면 두 번째 목적지는 메인 요리였다. 제주에는 수국 명소가 많지만 상업적인 목적으로 수국을 심은 곳보다는 수국이 주위 환경과 자연스럽게 어우러진 곳에 가 보고 싶었다. 여러 후보지 중 작년에 이 길을 방문했던 여동생이 강력하게 추천한 안성리 수국길을 골랐다. 우리는 부푼 마음을 안고 남서쪽으로 달렸다.

　안성리 수국길은 주차할 곳이 따로 없는, 말 그대로 동네 골목길이라 길에 들어가기 전에 차를 대야 한다. 한적한 시골 마을에 차가 많아서 의아했는데 다 우리처럼 수국을 보겠다고 몰려든 사람들이었다. 안성리 수국길은 수국의, 수국에 의한, 수국을 위한 길이다. 검은 돌담을 배경으로 자주색과 남보라색 꽃송이가 물결치듯 이어진다. 그 물결에는 수국 반 사람 반이다. 고즈넉한 기운은 남국사에서 충분히 맛보았으니 안성리 수국길에서는 관광 명소답게 사진을 팍팍 찍었다.

　수국은 토양의 산도에 따라서 색이 달라진다. 수국의

색 변화를 일으키는 성분은 안토시아닌으로, 알루미늄이 많이 포함된 산성 토양을 만나면 푸른색 꽃을, 알루미늄이 적은 염기성 토양을 만나면 붉은색 꽃을 피운다. 그렇다면 흰색 수국은? 토양의 산도에 영향을 받지 않도록 안토시아닌을 제거한 꽃이라고 한다. 이 길은 마을에 사시는 한 어르신의 마법 같은 손길로 만들어졌다. 어르신은 8년 전부터 100미터가 넘는 돌담길에 수국을 심고 가꾸었고, 그 정성과 사랑은 평범한 시골길을 꽃길로 바꾸어 놓았다. 돌담길 양쪽으로 수국을 가꾸려면 물을 주기도 보통 일이 아니라 노동이었을 것이다. 손주들을 비롯한 다른 이들과 함께 수국을 즐겁게 보고 싶다는 어르신의 마음이 꽃보다 더 아름다웠다.

흑돼지구이를 먹고 마지막으로 들른 곳은 성 이시돌 목장이었다. 우리가 찾는 수국은 목장에서 차로 3분 정도 떨어진 성 이시돌 젊음의 집 옆에 있었다. 차에서 내려 주위를 기웃거리다가 건물에서 나오는 분과 마주쳤다. 로만 칼라를 입으신 걸로 보아 신부님(아니면 수사님)일 텐데, 수국이 있는 곳을 물으니 방향을 가르쳐주셨다. 그러면서 왜 사람들이 여기 몰려오는지 모르겠다는 말씀을 덧붙이셨다. 내가 무어라 답을 할 새도 없이, 신부님은 그 말씀만 남기고 부지런히 가던 길을 가셨다. 바로 앞에 수국을 두고 그 아름다움을 보지 못하시다니, 안타까웠다.

부드러운 파스텔톤의 수국이 사람 키를 훌쩍 넘길 정도로 무성했다. 연분홍 수국과 빛바랜 하늘색 창고 문짝이 잘 어울려서 사진도 찍었다. 나는 사진에 찍히는 걸 별로 좋아하지 않지만 다른 사람을 찍어주는 건 즐기는 편인데, 중년에도 여전히 예쁘장한 A를 모델 삼아 신이 나서 셔터를 눌러댔다. 그중 한 장은 잡지 표지로 써도 될 정도로 만족스러웠다.

당일치기로 온 제주에서 한나절 수국에 둘러싸여 꽃이 주는 기쁨과 즐거움을 고농축으로 누렸다. 좋아하는 친구와 좋아하는 꽃을 같이 보아서 두 배로 행복했다. 이 좋은 걸 왜 진작 안 했을까. 평소에 혼자서 식물을 관찰하는 걸 즐기지만 꽃구경은 함께하는 편이 더 좋았다.

식물과 함께 친구의 뒷모습, 옆모습, 앞모습이 담긴 사진이 남았으니 이만하면 꽤 가성비 높은 일석이조다. 돌아오는 계절에 꽃이 피면 너무 바빠 사느라 삶의 여유를 잊은 또 어떤 친구를 불러내 볼까.

식물에게
갑질은 그만

양버즘나무를
──────────────── 지키는 사람들

식물 중에서 가장 수명이 짧은 건 풀이라고 생각했다. 풀은 한 계절 푸르게 돋아났다가 누렇게 말라버리는 존재니까, 잘 살아봤자 한 철 살면 끝인 줄 알았다. 이런 풀의 이미지는 한해살이 식물로부터 왔다. 한해살이 식물, 곧 1년초는 생명의 시작부터 끝까지의 시간이 1년을 넘지 않는다. 식물의 생애를 발아, 생장, 개화, 결실로 요약할 수 있는데 1년초는 이 모든 과정이 봄에 시작되어 겨울이 오기 전에 끝난다. 매서운 겨울에는 풀이 살 수 없으니까 당연한 사실 아닌가 했는데, 엄동설한에 가냘픈 잎사귀로 버티다가 이듬해에 꽃을 피우고 열매를 맺는 풀도 있다. 두해살이 식물 또는 2년생 식물이라고 불리는 풀은 영하의 날씨를 견딜 수 있다. 벼는 한해살이 식물이라 가을 들녘을 황금색으로 물들이면 임무를 마치고 저세상으로 가는 반면에 보리는 꿋꿋하게 겨울을 나고 다음 해를 맞는다. 보리는 대표적인 두해살이 식물이다.

최근에, '눈 덮인 푸른 보리밭'까지는 아니지만 식재된 보리를 직접 보았다. 그것도 시골 논밭이 아니라 아파트 단지에서다. 우리 아파트 단지의 정문과 후문 출입구에는 가을에서 겨울로 넘어가는 계절이 되면 둥그런 대형 화분에서 시들어 가는 금잔화나 국화를 뽑아내고 보리를 심는다. 보리는 겨우내 푸른 잎을 달고 있어서 관상용으로 제격이다. 설마 화분에 심긴 보리에서 이삭이 달리겠나 싶지만 두해살이 식물답게 한겨울 추위를 거뜬히 이겨낸다. 이듬해 봄이 되면 이삭이 달리고 누렇게 익기까지 한다. 겨울을 견딘 풀의 생명력은 '클래스'가 달라서일까, 서리를 하고 싶다는 마음이 슬쩍 들 정도로 이삭이 튼실하다.

11월 마지막 주에 접어들었다. 아침 최저 기온이 한 자릿수로 떨어지고, 손발이 시리고, 해가 짧아졌다. 이제 확실한 겨울이다. 나무들은 잎을 떨구고 빈 가지만 남아 앙상하다. 도로 주변에 촘촘하게 돋아났던 잡초들도 생기를 잃고 누렇게 말랐다. 첫눈은 이미 내렸고, 두 번째 눈발도 날렸다.

학교에 출근할 날도 3주밖에 남지 않았다. 한해살이 식물의 짧은 생애는 끝나고, 두해살이 식물의 시간은 절반밖에 남지 않았다. 하지만 풀의 세계에는 한두 해로 삶을 마감하지 않는 초강자들도 있다.

여러해살이풀은 식물이 생장하기 어려운 겨울이 되면 지상부의 잎과 줄기는 말라 죽지만 뿌리는 멀쩡히 살아 있다. 추운 겨울을 땅속에서 보내고 봄이 되면 낙엽 사이로 새 잎을 내민다. 아직 매서운 바람이 부는 이른 봄에 노란 민들레가 잠깐 피었다 진다고 아쉬워하지 않아도 된다. 민들레는 여러해살이풀이기 때문이다. 겨우내 땅속에서 멀쩡히 살아 있다가 고개를 쏙 내밀었을 뿐이다. 데이비드 조지 해스컬은 《숲에서 우주를 보다》에서 이른 봄에 잠깐 꽃을 피우고 여름이면 벌써 지는 춘계단명식물을 소개하면서 이들의 뿌리줄기, 비늘줄기(알뿌리), 덩이줄기 중에는 '수백 년' 묵은 것도 있다고 말한다.

수백 년 사는 풀은 산삼이 유일한 줄 알았더니 웬걸, 수천 년을 살 수 있는 풀도 있다고 한다. 야생 참마가 그 주인공이다. 참마는 맛과에 속하는 여러해살이 덩굴풀이다. 산에서 자라는 야생 참마는 봄이 되면 겨우내 덩이뿌리에 저장

했던 영양물질을 덩굴줄기로 올려 보낸다. 덩굴줄기에 달린 새 잎에서 광합성을 통해 또 영양물질을 만들고, 이 영양물질은 다시 새로운 덩이줄기에 저장된다. 참마의 덩이줄기손은 이 과정을 반복하면서 조금씩 옆으로 뻗어 나간다고 한다. 이런 방식으로 자리를 옮기면서 수백 년을 생장한다니, 이론적으로는 천 년 이상 살 수도 있다니, 참말로 참마를 세계 7대 불가사의에 추가해야 하나? 이쯤 되면 놀라운 정도가 아니라 무섭다. 풀이라고 얕잡아보지 않겠습니다, 머리를 숙이고 잽싸게 줄행랑을 쳐야겠다.

일 년이든 수천 년이든, 식물은 자연이 정한 생의 주기대로 충실하게 살아간다. 생명이 시작된 순간부터 죽음을 맞기까지 한순간도 생장을 멈추지 않는 생명력도 놀랍지만 삶과 이별할 때가 오면 조용히 퇴장하는 모습은 경외감마저 들게 한다. 죽은 참나무 등걸에서 표고버섯이 자라듯 식물의 세계에서 죽음은 두렵고 시커먼 덩어리가 아니라 생의 한 부분이다. 죽은 식물은 말 그대로 '자연스럽게' 수십, 수백 년의 시간 동안 분해되어 다른 식물을 성장시키는 양분이 된다. 죽음은 자연의 순리요 섭리다.

죽음을 받아들이지 못하는 건 인간이다. 죽음이 몰고

오는 고통도 무섭고, 사랑하는 사람들과의 이별도 슬프고, 죽은 뒤에 무슨 일이 벌어질지도 알 수 없다. 종교라는 비상 탈출구가 있지만 그 문이 믿음대로 열리느냐 마느냐는 마지막 순간까지 두고 봐야 한다. 눈물도 한숨도 비명도 없이 죽음을 맞이할 자신이 있는 사람이 몇이나 될까.

하루에도 몇 번씩 손바닥 뒤집듯 마음이 오락가락하는 인간에게, 몇 백 년씩 흔들림이 없는 모습을 유지하는 큰 나무는 그 존재 자체로 힘이 된다. 하지만 살아있다는 건 언젠가는 죽는다는 뜻이다. 오랜 시간 당당한 모습을 유지하던 나무도 때가 되면 죽는다. 상실감에 취약한 인간은 오랜 세월을 견딘 나무에 의미를 부여하고 특별한 조치를 취한다. 노거수를 보호수로 지정하고 온갖 처치를 해 생명을 연장한다. 기우는 나뭇가지에 받침대를 설치하고, 영양제 주사를 꽂는다. 줄기 속이 비어 썩으면 썩은 부위를 잘라내고 살균, 살충, 방부 처리를 한 뒤 빈 곳을 시멘트나 발포우레탄으로 채우는 외과적인 '수술'도 시행한다. 그런데 혹시 이런 일은 나무를 위한다기보다는 마음 기댈 곳이 필요한 사람을 위하는 행위가 아닐까?

나무에게 수술 동의는 받았냐고 묻는다면 제정신이 아

닌 사람 취급을 받을 것이다. 하지만 한 그루의 나무가 싹을 틔우고 뿌리를 내리고 줄기를 뻗어 사람 키를 훌쩍 넘기는 가지를 드리우기까지 아무런 의지도 없었다고 한다면 어불성설이다. 나무에게는 확고한 생의 의지가 있다. 하지만 그 의지는 생의 마지막을 거부하는 방식으로 나타나지 않는다.

식물이 온몸으로 내뿜는 생의 의지에는 독특한 특징이 있다. 유치환의 시 〈깃발〉의 그 유명한 구절, '소리없는 아우성'을 떠올려 보자. 식물은 인간의 귀에 감지될 만한 소리를 내지 않는다. 싹을 틔울 때도, 줄기를 뻗을 때도, 꽃을 피우고 열매를 맺을 때도 침묵한다. 사람이 제 몸을 마음대로 밟고, 뜯고, 자르고, 심지어 불태워도 잠잠하다. 인간에게는 식물의 침묵을 이해할 재간이 없다. 대뇌가 손상되어 의식과 운동 기능이 마비된 환자를 거리낌 없이 '식물인간'이라고 부를 만큼, 인간은 식물을 수동적인 존재로 여긴다.

식물을 재배하고 이용한 세월이 꽤 길다 보니 인간은 식물을 객체의 자리에 놓고 내려다본다. 그렇다고 해서 과연 인간이 식물보다 우월하다고 단정할 수 있을까? 식물은 뇌가 없으니 고차원적인 사고를 하지 못한다, 신경이 없으니 고통을 느끼지 못한다는 생각은 인간 중심의 입장일 뿐이다.

국제식물신경생물학연구소를 이끄는 식물생리학자 스테파노 만쿠소의 책 《매혹하는 식물의 뇌》를 읽으면 새로운 관점이 열린다. 그는 식물은 입이 없어도 먹을 수 있고 폐가 없어도 숨을 쉴 수 있으며 그 밖의 특별한 기관이 없어도 보고, 맛보고, 느끼고, 의사소통을 하고, (심지어) 움직일 수 있는 존재라고 말한다.

식물은 사람이 무슨 짓을 하든 개의치 않을까? 셸 실버스타인의 《아낌없이 주는 나무》는 나무를 의인화한 동화의 고전인데, 이제는 마음에 동심을 '리필'한다 해도 감명 깊게 읽을 수 없다. 나무는 어린 소년에게 왕관을 만들 나뭇잎을 주고, 가지에서 그네를 타게 해주고, 사과를 준다. 나무가 좋은 것을 주므로 소년은 나무를 사랑한다. 나무는 행복해 하는 소년을 보며 덩달아 행복을 누린다. 하지만 소년은 나이를 먹으며 예전과 달라지고, 나무에게 자신이 필요로 하는 것을 요구하기 시작한다. 나무는 그 요구를 '아낌없이' 들어주며 행복을 이어 간다. 노인이 된 소년은 배를 만들기 위해 나무의 줄기를 베어낸다. "그래서 나무는 행복했지만… 정말 그런 것은 아니었습니다"라니, 이게 무슨 소린지 싶다.

더 기가 막힌 부분은 따로 있다. 마지막으로 나무에게

돌아온 늙은 소년에게 나무는 연신 미안하다고 말한다. 사과를 줄 수 없어서 미안해, 그네를 뛸 가지가 없어서 미안해, 올라갈 줄기가 없어서 미안해…. 나무의 사과는 그걸로 끝이 아니었다. 이제 너에게 줄 것이 하나도 없어서 미안하단다! 미안하다는 말은 소년의 입에서 나와야 하는 거 아닌가? 출판사에서 제공한 책 소개를 보면 작가는 이 작품을 통해 헌신하는 사랑의 의미를 전하려고 했다지만, 모든 것을 내어주는 나무의 사랑을 받았으나 정작 사랑에 대해서는 아무것도 깨닫지 못한 소년을 보면 답답하다. 잘린 나무 밑동에 노인이 된 소년을 앉히고 행복하다고 말하는 나무는 짠하다 못해 무섭다. 과도한 의인화가 낳은 엽기적인 결말이랄까.

이 작품에서 나무는 소년을 위해 존재한다. 나무는 소년을 향한 넘치는 사랑으로 열매와 가지, 줄기를 주겠다고 말하지만, 나무가 굳이 친절하게 말하지 않더라도 소년은 알아서 가져갔을 것이다. 인간은 식물의 생명을 마음대로 할 권한이 있다고 여기며, 역사 이래로 그 권한을 사용해 왔다. 식물은 이용할 가치가 무궁무진한 자원이므로 인간은 식물에서 얻을 수 있는 것은 무엇이든 '아낌없이' 누리고 있다. 식물을 먹고, 식물을 입고, 식물로 거주할 공간을 만드는 것을 특권으로 여긴다. 나도 그런 특권을 별 생각 없이 누린다. 하지만 종종 그 특권에서 폭력적인 냄새가 날 때, 조금 슬퍼진다.

2018년 가을, 옆 동네에서 양버즘나무가 도로에 주차된 차량 위로 쓰러지는 사고가 일어났다. 다행히 인명 피해는 없었지만 그때부터 이 나무의 수난이 시작되었다. 흔히 플라타너스라고 부르는 양버즘나무*Platanus occidentalis*는 공기정화 능력이 뛰어나고 큰 그늘을 만들어 도시의 가로수로 많이 식재된다. 영국 런던 가로수의 절반 이상은 같은 버즘나무 계열의 단풍버즘나무다. 종로구 일대에 양버즘나무를 가로수로 심기 시작한 건 1970년대라고 한다. 양버즘나무의 수명은 대략 40년 정도이므로 산술적으로는 거의 생의 끝에 와 있다는 결론에 이른다. 겉으로 보기에는 멀쩡하지만 속이 비거나 썩어 언제든 쓰러질 가능성이 있단다. 그러나 거리의 '시한폭탄' 때문에 시민들이 불안에 떨고 있다는 지역 방송의 보도는 상당히 자극적이었다. 평소에는 신경도 쓰지 않던 양버즘나무가 괴물로 변해 언제든 사람들을 덮치기라도 할 듯 호들갑을 떠는 것 같아서 우스웠다.

우리 아파트 단지 후문에서 막내가 다니는 초등학교까

지 이어진 길에 심긴 양버즘나무들이 살생부에 올랐다는 사실은 해가 바뀐 뒤에야 알았다. 한동안 전기톱 소리가 요란하더니 중장비까지 동원되었다. 수십 년 이상 동네를 지키던 양버즘나무들은 순식간에 잘려 나갔다. 나무들은 '아낌없이 주는 나무'처럼 밑동만 남았다. 줄기와 가지를 모두 잃었으니 이제 나무의 생명은 끝났구나 싶었는데, 몇 주가 지난 뒤 그 밑동에서 맹아지들이 올라왔다. 나무는 아직 죽지 않았다.

하지만 곧 최후의 날이 닥쳤다. 안전모를 쓴 작업자들이 양버즘나무의 밑동과 뿌리를 제거하기 시작했다. 뿌리까지 남김없이 뽑아내야 그 자리에 다른 나무를 심을 수 있을 테니까. 역사 탐방로를 조성한다면서 50년을 넘게 한 자리에서 살아온 역사적인 나무들을 가차 없이 베어버리는 행정의 역설에 한 번 놀랐고, 땅 밑에 숨겨져 있던 양버즘나무의 거대한 뿌리가 뽑혔을 때 또 한 번 놀랐다. 조각난 나무뿌리의 중심 부분은 피처럼 붉었다. 나무 속에 그처럼 선명한 붉은 색이 들어 있을 줄 몰랐다.

나무가 필요했으니 심었을 뿐이고 필요가 없으니 뽑아낼 뿐이라는 단순한 논리에 의해 양버즘나무는 생을 빼앗겼다. 노란 은행잎은 좋지만 냄새가 지독한 열매는 싫으니 암

5년마다 돌아오는 가지치기를 피할 수 없었던
은행나무는 닭발 모양이 되고 말았다.

나무는 잘라내 달라는 민원은 이제 새롭지도 않다. 간판을 가린다는 죄로 강전정을 당해 가지를 잃고 닭발 같은 모양이 된 도심의 가로수들은 겨우 목숨만 부지한 상태다. 과연 그 나무들이 제대로 생장할 수 있을지는 미지수다.

식물을 심어놓고 나 몰라라 하는 경우도 있다. 내가 출강하는 학교 인근에는 신도시 공사가 한창인데, 새 건물들이 들어서기 시작하면서 도로와 보도블록을 정비하고 가로수도 심기 시작했다. 이팝나무를 비롯해 회양목과 철쭉도 줄줄이 심었다. 하지만 시간이 지날수록 나무들은 상태가 점점 나빠졌다. 이팝나무들은 서서히 말라 갔다. 여름을 지나며 화단은 잡초의 전당으로 바뀌었다. 키 작은 철쭉과 회양목은 억센 잡초의 기운에 눌려 잘 보이지도 않았다. 식물을 심어놓기만 하면 알아서 잘 자랄 거라고 믿는 걸까?

우리 집 근처 성균관대학교 정문 앞을 지나는 성균관로에는 가로수로 은행나무가 줄줄이 심겨 있는데, 특이하게도 한 그루만 양버즘나무다. 양버즘나무가 계속 논란이 되어서였을까, 2021년 봄 이 양버즘나무에 난데없는 사형선고가 떨어졌다. 나무에 A4 용지 한 장이 붙었다. "강풍 시 도복 우려가 있어 보행로 정비공사 시 제거 예정입니다. 성실 시공으로 보답하겠습니다."

　멀쩡하게 살아있는 나무를 베면서 성실 시공이라니, 한 생명을 파멸시키는 일이 보답이라니, 이해할 수도, 공감할 수도 없는 문구였다. 하지만 이 사형선고는 집행되지 못했다. 관심을 가지고 지켜보는 사람들이 있었기 때문이다. 서울환경연합과 '가로수를 지키는 사람들'의 적극적인 대응으로 나무는 존치 결정이 났다. 어렸을 때 수도 없이 들었던 '사람은 자연 보호, 자연은 사람 보호'라는 표어가 제대로 가슴에 와 닿았다. 용기를 내어 인터넷 세상에 들어갔다. 위기에 처한 도시 나무를 지키기 위해 시민들이 함께 행동하자는 단체, 〈가로수시민연대〉에 가입했다. 인간과 동물뿐 아니라 식물도 존엄하게 살다가 죽는 날이 내 생에 과연 올까마는, 신비로운 초록빛이 감도는 존재를 지키는 사람들이 있는 한 함부로 대하지는 못하겠지. 이제 성균관로의 양버즘나무는 나도 지킨다!

식물을 관찰하며
배우는 삶의 태도

꾸준히, 자세히, 우연히

일주일에 두 번, 남양주에 있는 대안학교에서 학생들을 만난다. 출근하면 대체로 즐겁다. 시간강사는 말 그대로 맡은 수업만 잘 하면 되기 때문이다. 교실에는 내 수업에 관심이 없는 학생, 학습 속도가 유난히 느린 학생, 주의가 산만한 학생, 틈만 나면 장난을 치는 학생도 있지만 나는 이들에게 비교적 관대하다. 수업에 관심을 갖도록 딴에는 애를 써서 준비를 했는데 반응이 별로라면 어쩔 수 없다. 새로운 개념을 익힐 때 남보다 시간이 더 걸리는 편이라면 조바심은 지켜보는 이가 아니라 당사자의 몫이다. 주의 산만의 여파는 주위 학생들에게 미칠 뿐이고, 교실에서 가장 장난을 잘 치는 사람은 바로 나다! 위에서 나열한 유형의 학생들은 내 화를 돋우지 못한다.

내 도화선에 불을 붙이는 최후의 1인은 게으른 학생이다. 충분히 자기 능력으로 할 수 있는데 안 하고 뭉개는 학생을 나는 잘 참아 주지 못한다. 아니, 게으름 정도가 어때서? "새벽종이 울렸네 새 아침이 밝았네"가 울려 퍼지는 시대도 아니고, 백 년 이상을 살아갈 학생들이 잠깐 게으름을 부린다고 큰일이 나나? 그런데 정신을 차려보면 어느새 나는 게으름의 진창에 빠진 학생을 잡아당기고 있다. 지진이 난 것도 아니고 초상이 난 것도 아닌데 숙제를 안 해 오다니! 학생의 온몸에 찐득찐득하게 붙은 게으름을 떨어내려니 고운 말이 안 나온다. 그 자신도 부모도 담임도 해결하지 못하는데 일주일에 두 번 만나는 시간강사가 오지랖을 떤다고 달라질까?

남의 게으른 인생에 참견하는 너는 얼마나 부지런하냐고 묻는다면 할 말은 있다. 남들이 이름을 아는 직장을 다니지도 않고 뚜렷한 성취를 이루지도 못했지만, 설거지를 미루고 미루면 밥을 담아 먹을 그릇이 없고 빨랫감을 삼층석탑이 되도록 쌓으면 알몸으로 탑돌이를 해야 한다는 사실은 분명히 알고 있다. 출근을 안 하면 통장이 '텅장' 된다는 것도.

'게으르지 말자'는 말은 '근면·성실하자'는 말이 아니다. 내 입장에서 근면·성실은 결코 끼어서는 안 될 절대반지다. 근면·성실을 모토로 삼았다가, 달리는 말이 아닌 내 넓적다리에 채찍질을 할까 봐 겁이 난다. 피칠갑을 하고서 아픈 줄도 모른 채 목표를 향해 달리는 일중독에 빠지고 싶지는 않다. 그 대신에 게으르지만 않으면 인생을 아름답게 살 수 있다고 믿는다. 그래서 학생들에게 문학을 가르칠 때 호시탐탐 게으름 마귀도 쫓아내고 싶다.

식물을 관찰하는 일도 마찬가지다. 어쩌다 호기심이 발동해 식물을 들여다보는 정도로는 만족하기가 쉽지 않다. 나는 좀 더 시간을 쓰고 싶다. 한 번의 관찰만으로는 머릿속에 그림이 그려지지 않는다. 짬짬이 시간을 내어 자주 보아야 눈을 감아도 식물의 모습을 떠올릴 수 있다. 정성을 들여 발품을 팔 때 식물의 미세한 변화를 감지할 기회를 얻는다.

특히 잎이 새로 나거나 꽃이 피는 과정을 즐기고 싶다면 매일 비슷한 시간에 식물 앞으로 다가가면 좋다. 굳이 멀리 갈 필요 없이 집이나 학교, 일터 근처의 식물을 특정해서 관찰한다. 현란하고 자극적인 영상에 맞춰졌던 시각이 고요하고 수수한 식물을 볼 수 있도록 조정되기까지 약간의 적응기가 필요하다. 하지만 그 과정에는 예상치 못한 즐거움이

기다리고 있다. 그 즐거움을 몇 번 맛보면 엉덩이가 가벼워진다.

김유정의 소설 〈동백꽃〉의 결말에서 주인공 '나'와 점순이는 한창 핀 노란 동백꽃 속으로 파묻힌다. '알싸한, 그리고 향긋한 그 냄새'에 주인공은 땅이 꺼지는 듯 정신이 아찔해진다고 했다. 꽃향기에 취했다기보다는 점순이와 포옹을 해서 아찔해진 것 같은데…. 하지만 이 대목에서 더 이상한 부분은 따로 있었다. '노란 동백꽃'이라니, 동백꽃은 빨간색 아닌가? 소설에 나오는 동백꽃은 동백나무의 꽃이 아니라 생강나무의 꽃이라는 사실을 알게 되자 관심의 친구 호기심이 발동하기 시작했다. 도대체 알싸하고 향긋한 냄새는 어떤 냄새일까? 생강나무 꽃의 향기를 맡고 싶다! 검색 몇 번이면 필요한 정보에 접근할 수 있는 세상이라, 집에서 가까운 창경궁 후원에 생강나무가 있다는 사실을 알아냈다. 꽃은커녕 이파리 하나도 구경할 수 없는 엄동설한이었으므로 해가 바뀌기를 기다렸다.

해가 바뀌고 정신없는 새 학기가 시작되었지만 생강나무 꽃향기를 맡을 생각에 설레고 설레었다. 수업이 없는 토요일이 오기만 바랐다. 3월 셋째 주 토요일, 창경궁 통명전 뒤편에 헉헉거리며 도착하니 노란 꽃으로 뒤덮인 생강나무가 보였다. 나도 모르게 '알싸한! 향긋한!'을 외치며 꽃송이로 바짝 다가갔는데, 전혀 알싸하지 않았다. 낯선 향이 아니었다. 굉장히 익숙한 향기였다. 매화 향이잖아? 이게 어떻게 된 거지? 주위를 둘러보니 생강나무 근처는 모두 매실나무였다. 매화 향기가 강해서 생강나무 꽃의 향이 묻히고 말았다. 더 빨리 왔어야 했다. 생강나무 꽃이 막 피어나는 순간에 벌처럼 날아왔어야 했다. 아쉬운 대로 사진만 찍고 돌아왔다.

1년을 다시 기다렸다. 이번에는 제대로 향기를 맡겠다는 결심으로 2월 마지막 주부터 창경궁을 들락거렸다. 햇수로 3년에 걸친 대장정 끝에 드디어 갓 피어난 생강나무 꽃의 향기를 맡을 수 있었다. 알.싸.했.다. 박하향도 계피향도 아닌, 새로운 알싸함이었다. 지금까지 머릿속에 입력되지 않은 향이었다. 목을 최대한 길게 뽑아 꽃송이에 코를 박고 향기를 맡는 내 모습이 우스워보였는지 지나가던 이들이 키득거리며 웃는 소리가 들렸다. 웃어도 괜찮아요. 전 지금 삼고초려로 만난 생강나무 꽃을 알현하는 중이거든요? 남들은 모르는 비밀을 콧구멍에 소중히 간직하며 내년에 또 만나기를 기약했다.

같은 장소를 자주 들락거리며 식물을 관찰하다 보면 시력이 점점 좋아진다. 물리적인 시력은 그대로지만 식물 전용의 시력 구간이 따로 생긴다고 할까? 식물을 휙 보고 지나치지 않고 잠깐이라도 머무르면 전에는 안 보이던 부분이 보이기 시작한다. 걷다 보면 걸음을 멈추고 나도 모르게 식물을 세세히 살필 때가 많다. 너무 춥거나 덥지도 않고 배고프지도, 목마르지도 않은 상태면 시간이 어떻게 가는지 잠시 잊는다.

산수유 꽃을 자세히 들여다본 날을 기억한다. 꽃송이에 가까이 다가갔다가 깜짝 놀랐다. 노란 산수유 꽃송이 안에 수십 개의 작은 꽃이 또 피어 있었다. '산형꽃차례', '총포' 같은 어려운 단어는 알지 못더라도 손톱만한 꽃송이 안에 들어 있는 소우주를 보았다. 작은 세계가 주는 신비감에 정수리가 찌릿찌릿했다.

자세히 볼 줄 알게 되면 전에는 보이지 않던 식물의 미세한 차이가 눈에 들어온다. 이런 과정을 통해서 한 가지 식물을 제대로 식별하게 된다. 당연히 시행착오를 거칠 수밖에 없는 과정이다. 마음이 답답해서 평소보다 멀리 산책을 나갔던 초가을의 어느 날이었다. 정신없이 걷다가 와룡공원과 맞닿은 성균관대학교 후문 꼭대기까지 올라갔다. 숨이 차서 더 올라가기 어려워 걸음을 멈췄는데, 벚나무 열매가 눈에 들어왔다. 지금은 봄이 아니잖아. 돌연변이 벚나무인가? 아무리 눈을 씻고 봐도 벚나무가 틀림없는데 열매가 달려있으니 이상할 수밖에. 이상하다고, 유난하다고, 돌연변이 같다고 지적을 받아서 식식대던 찰나에 계절을 초월한 벚나무를 만나위로를 받았다. 그 위로가 벚나무와 팥배나무를 구분하지 못해서 받은 뜬금없는 위로였다는 사실은 나중에 알았다.

벚나무는 느티나무와도 헛갈린다. 둘은 엄연히 다른 나무지만 처음에는 구분이 쉽지 않았다. 꽃이 달려 있을 때야 단박에 벚나무인 줄 알아채지만 꽃이 지고 열매까지 땅에 떨어지면 혹시 느티나무가 아닌지 긴가민가했다. 두 나무 모두 줄기에 가로줄무늬가 있고 잎사귀에 톱니가 있기 때문이다. 벚나무 잎에는 밀선 또는 꿀샘이라고 부르는 작고 동그란 주머니가 달려 있다. 곤충을 유인하는 사탕인 셈인데, 말이 주머니지 깨알 크기다. 하지만 그 작은 깨알 주머니를 알아본 덕분에 벚나무를 지나치며 10cm의 노래 "벚꽃이 그렇게도 예쁘디 바보들아"를 흥얼거릴 수 있었다.

사람은 잘 안 바뀐다고 한다. 특히 마흔을 넘긴 중년의 생각과 태도가 바뀌기는 어렵다는 사실을, 다른 사람이 아니라 나를 보면 안다. 나는 내 성격에 대체로 만족하는 편인데, 그건 성격이 좋아서가 아니라 지금 내 상태를 바꿀 수가 없어서다. 이런저런 면이 맘에 안 든다고 불평해 봤자 고치기 어렵다는 걸 알고 있다. 나는 성질이 급한 편이고 이런 상태로 40년을 넘게 살았으니 바뀔 리가 없다고 생각했다. 그런데 식물을 관찰하면서 180도까지는 아니어도 20도 정도는 바뀌었다. 식물을 꾸준히, 자세히 본 시간만큼 차분해졌다.

식물을 살피는 시간과 공간 사이에는 우연이 깃든다. 점심을 먹고 흐드러진 작약 꽃송이 앞에서 시간을 보내고 있는데 벌이 날아왔다. 그 순간 눈앞에서 별처럼 반짝이는 노란 것이 보였다. 꽃술 한가운데를 헤집고 다니는 벌의 뒷다리에 노란 덩어리가 붙어 있었다. 화분, 꽃가루 주머니였다. 세상 일이 거기서 거기다 싶고 크게 놀랄 일도, 과하게 흥분할 일도 없는 나이가 되었다고 생각했는데 그날은 하루 종일 벌의 뒷다리에 붙은 화분 때문에 호들갑을 떨었다. 만나는 사람마다 이것 좀 보라며 순간 포착 사진을 내보였다. 자본이 지배하는 세상에서 돈으로 얻을 수 없는 기쁨이 몇 가지나 될까 싶은 생각이 들 때, 나는 벌의 뒷다리를 떠올린다. 슬금슬금 행복해진다.

집을 나서서 엘리베이터를 타고 내려가 1층 공동현관문을 통과하면 길은 세 갈래다. 묵직한 쓰레기를 들고 나왔다면 오른쪽으로 꺾어서 쓰레기장에 들러야 하지만 손이 가볍다면 놀이터를 통과해 계단을 걸어 내려간다. 여섯 번째 계단의 오른쪽 끝을 지키는 자주닭개비 풀을 보기 위해서다. 자주달개비라고도 부르는 이 풀은 이름에서 알 수 있듯이 달개비와 사촌지간이다. 하지만 내 눈에는 이름과 달리 자주색이라기보다 보라색으로 보인다. 진한 보라색 꽃잎 세 장 위에서 노란 수술머리가 유난히 돋보인다.

처음에 이 자주닭개비를 우연히 발견했을 때는 화단 한가운데서 당당하게 돋아나지 않고 계단 귀퉁이에서 셋방살이하듯 자리를 잡은 모습에 짠한 기분이 들었다. 하지만 그 기분은 오래 가지 않았다. 게으름을 떨치고 출근을 하는 나의 등 뒤에서 잘 다녀오라는 무언의 인사를 해 주었기 때문이다. 내가 퇴근할 때까지 선명한 보라색 꽃잎을 활짝 열고 있을 테니 오늘도 잘 하고 오라는 응원도 아끼지 않았다. 자주닭개비의 말이 청각적으로 들렸다면 학교로 출근을 할 게 아니라 병원으로 가서 신경정신과 전문의를 만났어야 할 일이다. 맑고 밝은 오월의 아침마다 제 자리에서 꽃을 피우고 조그맣고 동그란 씨앗을 맺기까지 부지런하게 살아가는 자주닭개비의 존재 자체가 메시지였다. 출근길에 자주닭개비를 들여다보는 시간은 길어야 1분, 바쁜 날은 십여 초에 불과하지만 그 1분이 새로운 아침을 시작할 힘을 준다.

크리스티나 비외르크가 글을 쓰고 친구인 레나 안데르손이 그림을 그린 리네아의 이야기 시리즈는 내가 가장 아끼는 식물 책이다. 그 중에서 《꼬마 정원》의 한 대목을 소개하고 싶다. 이 책의 주인공 리네아는 스웨덴으로 입양된 한국 소녀로, 그림을 그린 레나 안데르손의 딸이기도 하다. 리네아의 이야기에 귀를 기울이면 스웨덴 사람들이 식물을 얼마나 아끼고 사랑하는지, 식물을 어떻게 대하는지 알 수 있다. 조금 길지만 식물을 관찰할 때 반드시 기억해야 할 부분이라 그대로 인용했다. 아름다운 식물 앞에서 나도 모르게 손이 뻗어 나갈 때, 이 대목을 떠올리면 두 얼굴을 가진 식물 애호가가 되지 않으리라 믿는다.

들꽃은 꺾으면 안 됩니다. 함부로 꺾었기 때문에, 수백 종류의 풀과 들꽃들이 이미 멸종했거나 멸종할 위험에

놓여 있습니다. 도서관에 가면 '멸종에 직면한' 식물의 목록을 구할 수 있습니다. 그런 식물은 절대로 꺾지 마세요. 들꽃을 지키는 가장 좋은 방법은 들꽃을 지금 있는 곳에 그대로 두고 즐기는 것입니다. 그 꽃을 집으로 가져오고 싶으면, 그림으로 그리거나 사진을 찍으세요. 그래도 들꽃을 꺾고 싶으면, (식물 표본집을 만들거나 화환을 만들기 위해) 데이지나 민들레처럼 흔한 꽃을 고르세요. 꽃을 꺾을 때는 가위로 자르세요. 뿌리째 뽑지 마시고요. 여러분의 땅이나 친구네 땅에서만 꽃을 꺾을 수 있습니다. (친구네 땅에서 꽃을 꺾을 때는 먼저 허락을 받으세요!) 공원이나 식물원 같은 공공장소에서는 아무것도 손상하거나 가져갈 수 없습니다.

— 크리스티나 비외르크 저, 레나 안데르손 그림,
《꼬마 정원》, p. 18.

　　세상에는 다양한 종류의 취미와 즐거움이 있지만 지갑의 허락을 받거나 일정한 기술을 연마해야만 누릴 수 있는 경우가 많다. 하지만 식물을 관찰하기 위한 조건은 딱 두 가지다. 내 힘으로 집 밖으로 걸어 나갈 수 있고 식물의 모습을 자세히 살필 시력만 있으면 된다. 돈으로 살 수 없는 기쁨을 주는 식물의 세계는 생각보다 우리 가까이에 있다.

천천히 좋아할 시간은
충분하다

《아내를 모자로 착각한 남자》의 저자로 널리 알려진 신경정신과 전문의 올리버 색스는 독특한 취미를 가지고 있었다. 그는 미국 양치류연구회의 회원이었다. 그가 이 연구회의 회원이 된 것은 순전히 호기심 때문이었다고 한다. 친구와 식물원을 구경하다가 미국 양치류연구회의 모임이 열린다는 공지문을 보고 발을 들여놓게 되었다나. 시작은 우연이었지만 그는 이 모임이 열리는 매달 첫째 주 토요일을 간절히 기다렸는데, 그 모임에는 그의 전공 분야인 신경학자들의 모임에서 느끼는 경쟁심이나 직업적인 의무감은 없는 대신 편안함, 다정함, 식물학에 대한 열정을 모두가 공유하는 분위기가 있었다고 한다.

《올리버 색스의 오악사카 저널》은 그가 이 모임 회원

들과 양치식물을 관찰하기 위해 멕시코 오악사카를 다녀온 여행기이다. 처음에는 잘 이해가 되지 않았다. 양치식물이라고 하면 고사리 외에는 별로 떠오르는 것이 없는데, 꽃도 안 피는 푸르뎅뎅하고 야리야리한 식물 때문에 비행기를 갈아타는 수고를 마다하지 않는다고? 하지만 책을 읽을수록 그가 양치류를 좋아하는 사람들과 함께 누린 즐거움에 고개가 끄덕여졌다. 올리버 색스는 이 책에서 자신은 옛날부터 은화식물(민꽃식물)에 대해 열광했다고 고백한다. 이 부분을 읽으면서 '사람마다 취향이 다르니 식물 중에서 꽃이 안 피는 식물만 좋아할 수 있지' 하고 넘어갔는데 다음 대목에서 바로 웃음이 터졌다. 꽃을 피우는 식물들은 꽃이 너무 '노골적으로' 드러나 있어서 감당하기가 힘들다나(사실, 꽃은 생식기관이니까)? 심지어 함께 오악사카를 여행하는 일행 중에는 그런 사람이 많아서, 꽃을 피우는 식물을 언급할 때는 농담을 던지듯 미리 양해를 구한단다.

올리버 색스가 느낀 특별한 유대감을 나도 맛보고 싶어서 식물 동호회를 검색했다. 우리나라에도 '자생식물 동호회'에서부터 '약용식물 동호회', '다육식물 동호회', '벌레잡이 식물 동호회' 등 다양한 식물 동호회가 있었다. 하지만 어느 동호회에 가입할지 결정을 내리지 못했다. 나는 식물을 두루 좋아할 뿐, 아직은 어떤 식물을 '더' 좋아하지 않기 때문이다. 나의 '최애' 식물이 무엇인지 알아야 그 식물을 연구하는 모임의 문을 두드릴 텐데, 지금까지는 식물이 두루 좋다. 식물에 관심을 기울이고 좋아한 시간이 얼마 안 되어서일까? 확실한 사실은, 나는 참기름과 마늘을 적당히 넣고 무친 고사리나물은 좋아하지만 양치식물에는 별로 관심이 없다는 거다. 성질이 급해서인지 천천히 자라는 다육식물은 들여다보는 재미가 없다. 식충식물은 무섭고, 약용식물은 낯설다. 한국의 자생식물에 관심이 없는 건 아니지만 귀화식물도 좋아하는 편이다. 이래서는 아무 동호회에도 가입하지 못한다. 당분간은 식물을 천천히, 얕고 넓게 좋아할 수밖에 없다.

어느 늦가을, 아파트 단지 화단을 휘휘 둘러보다가 나뭇가지에 매달린 노란 열매를 발견했다. 내 주먹보다 큰 모과였다. 처음엔 모과가 달렸으니 모과나무인가 보다 하고 지나쳤다. 몇 주 후 다시 올려다본 모과나무는 열매가 다 떨어지고 없었다. 빈 나뭇가지 아래 줄기로 시선이 옮겨간 순간, 다른 나무들과 확연히 구분되는 모과나무 줄기 수피의 무늬가 눈에 들어왔다. 불규칙하게 얼룩덜룩한 무늬는 주변의 다른 나무 수피와 확연히 달랐다. 심지어 연한 주홍빛이 감돌기까지 했다. 특이한 줄기였다. 그런데 모과나무의 줄기보다 더 신기했던 것은, 전에는 이 무늬가 전혀 시야에 들어오지 않았다는 사실이었다.

반전은 한 번 더 있었다. 겨울을 보내고 해가 바뀐 모과나무 가지에서 새잎이 돋기 시작했다. 작고 연한 잎사귀들 사이에서 새끼손톱만 한 진분홍색 꽃봉오리를 발견했을 때의 환희란! 감자처럼 울퉁불퉁한 모과의 꽃이라고는 전혀 상상할 수 없는 빛깔과 모양새였다. 꽃봉오리가 점점 벌어지면서 다섯 장의 꽃잎이 펼쳐지기까지 매일 모과나무 앞을 서성였다.

이제 모과나무를 다 알았나 싶었는데 아직 아니었다. 검색을 하다가 붉게 물든 모과나무 단풍 사진을 보았다. 생각해 보니 모과나무 단풍을 실물로 본 적은 없었다. 아파트 단지 화단에 심긴 나무들은 대부분 그늘에 가려 단풍이 선명하게 들지 않았다. 모과나무의 붉은 잎을 보려면 또 동네를 한 바퀴 돌면서 양지바른 곳에 심긴 모과나무를 찾아내야 한다.

올해 가을에 보지 못한 모과나무 단풍은 내년에 보면

된다. 이런 식으로 매년 천천히 조금씩, 눈에 들어오지 않던 식물의 모습을 발견하는 재미를 누릴 테다. 식물을 관찰하고 감상하는 즐거움을 맛본 지 겨우 6년째인 초보 식물 애호가에게 시간은 충분하다.

강판권, 《은행나무》, 문학동네, 2011

김대현 편역, 《사군자 한시선》, 전남대학교출판문화원, 2019

데이비드 조지 해스컬, 《숲에서 우주를 보다》, 에이도스, 2014

마야 무어, 《잃어버린 장미정원》, 궁리, 2019

박상진, 《궁궐의 우리 나무》, 눌와, 2001

박승철, 《한눈에 알아보는 우리 나무1》, 글항아리, 2021

세이와 겐지, 《나무의 마음에 귀 기울이다》, 목수책방, 2018

수 스튜어트 스미스, 《정원의 쓸모》, 윌북, 2021

스테파노 만쿠소 외, 《매혹하는 식물의 뇌》, 행성B, 2016

올리버 색스, 《올리버 색스의 오악사카 저널》, 알마, 2013

유홍준, 《나의 문화유산답사기10 : 서울편2》, 창비, 2017

이경준, 《수목생리학》, 서울대학교출판문화원, 2021

이광만 외, 《겨울눈 도감》, 나무와문화, 2015

이나가키 히데히로, 《전략가, 잡초》, 더숲, 2021

이선, 《식물에게 배우는 네 글자》, 궁리, 2020

이승우, 《소설을 살다》, 마음산책, 2019

이유미, 《광릉 숲에서 보내는 편지》, 지오북, 2004

조너선 드로리, 《나무의 세계》, 시공사, 2020

차윤정 외, 《신갈나무 투쟁기》, 지성사, 2009

크리스티나 비외르크 저, 레나 안데르손 그림, 《꼬마 정원》,
　　미래사, 1994

프랜시스 호지슨 버넷, 《비밀의 화원》, 시공주니어, 2002

피오나 스태퍼드, 《길고 긴 나무의 삶》, 클, 2019

한동일, 《라틴어 수업》, 흐름출판, 2017

황경택, 《숲 읽어주는 남자》, 황소걸음, 2018

집 밖은 정원

초판 1쇄	2022년 9월 30일
지은이	정혜덕
발행인	임혜진
발행처	옐로브릭
등록	제2014-000007호(2014년 2월 6일)
전화	(02) 749-5388
팩스	(02) 749-5344
홈페이지	www.yellowbrickbooks.com
디자인	위앤드

ISBN 979-11-89363-15-4